Au grand lavoir

DU MÊME AUTEUR

Camille, mon envolée, Philippe Rey, 2015 ; Le Livre de Poche, 2016

La suture, Philippe Rey, 2016 ; Le Livre de Poche, 2018

Sophie Daull

Au grand lavoir

roman

Philippe Rey

L'auteure a reçu le soutien financier de la Région Île-de-France dans le cadre de son programme régional de résidences d'écriture.

7, rue Rougemont – 75009 Paris

www.philippe-rey.fr

Ces accords le rendront fou,
Le secoueront, lui feront perdre la raison,
C'est le chant des Érinyes,
Qui emprisonne les esprits.
Sans l'aide d'une lyre,
Il dessèche les mortels.

ESCHYLE

Les Euménides[1]

1. Vers 343 à 348, traduction de René Biberfeld, Les Éditions de Londres, 2014.

1

Jeudi soir

L'autre soir, j'étais flapi. J'aime pas les jours de feuilles mortes. Ça casse les reins. La souffleuse en sac à dos pendant des heures, c'est vraiment la punition. Le bazar est aussi lourd et mal conçu que le paquetage de vingt-cinq kilos des mecs de 14-18. Je sais pas pourquoi ils nous avaient changé le programme: on devait être de bulbes, ils nous ont collés de feuilles mortes, cantonnés sur la route de Chartres, à faire d'énormes tas de feuilles contre les troncs des platanes, entre la bifurcation d'Alençon et l'hypermarché, là où le trafic est le pire. Pour ceux qui connaissent Nogent, c'est tout dire.

J'étais passé à Ma vie en bio m'acheter un plat tout fait – quinoa à la crème de cerfeuil –, avec le projet comme tous les soirs de me caler bien tranquille devant la télé.

Depuis un moment, je vais plus boire un coup avec Gilbert après le boulot, il se met minable, et moi ça me gêne. Des fois il sait même plus où il a garé la fourgonnette. Et puis de toute façon, au Relais de la Poste, ils ont pas de jus de tomate, et Gilbert, ça l'emmerde que je picole pas. Ça l'emmerde que je picole pas, ça l'emmerde que je sois végétarien, ça l'emmerde que je parle pas foot. Comment je pourrais lui dire à Gilbert que c'est en taule que j'ai attrapé le dégoût de la viande? À cause d'un mec que j'ai rencontré là-bas, qui était aussi raffiné que lui est banal, qui disait que ne pas manger carné était la marque d'un esprit supérieur, qui faisait du taï-chi et du yoga, qui savait cuisiner le manioc et la feuille de bétel, l'œuf de cent ans et la kacha, qui dormait dans des pyjamas en soie la tête au nord, à cause du feng shui? On a été libérés ensemble. Lui avec un non-lieu, moi pour bonne conduite. Et puis on a vécu huit ans ensemble, comme mari et femme. Alexandre, il s'appelait. Le grand Alexandre n'est plus, et Gilbert est mon petit chef.

J'étais donc dans mon canapé, avec la barquette en carton sur les genoux, réchauffée grâce à mon ami le micro-ondes, pendant que mon autre amie la télé me livrait sa cargaison d'images. Je zappais sur les trucs qui hypnotisent facilement, les émissions pleines d'experts qui commentent pendant des heures l'actualité – politique, culturelle, économique.

Et puis soudain, j'ai lâché la fourchette, je me suis étranglé.

À l'écran il y avait une femme au visage pointu qui parlait plein cadre.

Putain cette nana je la connais j'en suis sûr.

J'ai monté le son et j'ai mieux regardé. La voix aussi je la connais. J'écoute. La femme a écrit un bouquin, c'est pour ça qu'elle est l'invitée de cette émission littéraire. Le bouquin, c'est pour sa fille qui est morte à seize ans. Elle parle de trucs pénibles, du deuil, de la perte, des fantômes et tout ça. Ses mains sont mobiles, ses gestes me sont désagréablement familiers. Et puis tout à coup je comprends, je recolle les morceaux.

Mais qu'est-ce qu'elle vient foutre dans ma télé cette gonzesse?

Celle qui parle à la télé, c'est la fille de la femme que j'ai massacrée il y a trente ans. Non seulement ça fait un choc, mais en plus ça rajeunit pas.

Treize ans que je suis sorti de centrale, six ans qu'Alexandre est mort, cinq que je suis planqué ici, et je crois bien que ça fait au moins deux décennies que j'ai pas vraiment repensé à toute cette histoire, sauf pour le bluff avec les psys et les assistantes sociales du suivi médico-judiciaire.

Je suis resté comme ça la gueule béante devant l'écran, la zapette pendouillant entre mes cuisses, complètement paralysé. L'odeur de feuilles pourries incrustée dans mon jogging remontait sous mes narines, mélangée à celle, aigre, du cerfeuil refroidissant. Il y avait une sorte de court-circuit dans mes neurones, une décharge temporelle qui rembobinait les années dans un foutoir assourdissant.

Je me suis souvenu d'un truc qu'Alexandre m'avait raconté – j'avais mal écouté parce que je décrochais toujours quand il étalait sa culture. Une histoire de mouches grecques, où un type, qui a tué sa mère-la-reine pour venger son père-le-roi, mettant ainsi un terme à une longue histoire de famille déjà bien sanglante et compliquée, se retrouve harcelé par des bestioles qui s'accrochent dans ses cheveux, dans ses habits, dans ses pensées, jusque dans ses rêves. Elles lui bourdonnent à longueur de journée des scies assommantes sur le remords, la faute, le pardon impossible, etc. Des furies au nom compliqué, quelque chose avec des i partout.

En allant me coucher, ça faisait bbbzzz dans ma tête...

Le type qui a tué ma mère de quarante et un coups d'Opinel, après l'avoir violée une nuit de janvier avec un manche de pelle à neige, a été condamné à l'emprisonnement à perpétuité. Dans la mesure où il ne possédait aucune des caractéristiques du récidiviste, que les experts en assises l'avaient jugé « réadaptable », sans compter que son parcours pénitentiaire était irréprochable, il a été libéré après avoir purgé les dix-huit ans incompressibles. On trouve facilement, dans les archives judiciaires ou de la presse, les détails du crime, du procès, et même de son séjour en prison au cours de ses premières années d'incarcération, puisqu'il a fait l'objet d'un long documentaire télévisuel, où il apparaît particulièrement photogénique. A star is born.

La femme de cœur que je suis, humaniste et progressiste, ne peut qu'applaudir à l'exemplarité de cette expérience de reconstruction : la cellule comme cabine d'ascenseur social, la vie derrière les barreaux comme stage d'épanouissement personnel, mené à bien avec succès.

Moi aussi j'ai pris perpète. Dans un cloaque de chagrin croupi, d'amnésie forcée, de refoulement vaseux, qui a fini par s'assécher, discrètement nauséabond. Mais après trente ans passés dans ce génial sarcophage, la croûte gratte, la plaie reparle. Quelque chose suinte qu'il faut nettoyer à grandes eaux.

Alors j'irai au grand lavoir là-bas, où la mémoire se récure contre le granit rugueux, où la langue se rince au torrent qui mousse comme un savon d'encre, où la fiction fait Javel. Je regarderai l'eau crasseuse s'écouler dans une grande synovie de mots et je laisserai sécher les éclaboussures au soleil de leur consolation. Grande lessive.

Un personnage s'impose. Quand je me penche au-dessus des derniers reflets, c'est lui que je vois. Star un jour, star toujours.

Le type qui a tué ma mère sera donc jardinier municipal à Nogent-le-Rotrou.

Vendredi matin

J'ai pas dormi de la nuit.

Derrière mes yeux sont venus danser des visages balayés de ma mémoire depuis des années et des années : la femme que j'ai tuée, la fille de la télé – yeux verts, chignon roux, menton pointu –, le gros Jipé, ma mère, mon avocat, le pompiste de l'autoroute qui avait vu le sang sur mes fringues, les mecs de la télé, encore la fille de l'émission, redevenue la minette du lycée où j'allais draguer, toutes les tronches imbibées des copains avec qui je m'étais défoncé ce soir-là.

J'ai quand même dû m'assoupir un moment parce que j'ai aussi vu ma mère me roucouler des *je t'aime mon grand* dans les oreilles tout en se faisant sauter par des matons.

Et que ça, ça pouvait être qu'un cauchemar.

Sale nuit.

Le lendemain j'avais rendez-vous avec Gilbert à 8 heures devant la mairie. Il fumait en m'attendant, adossé à la camionnette. Ça l'emmerde aussi que je fume pas mais il respecte: il allume jamais de clopes dans la bagnole quand il sait que je dois monter avec lui pour aller au boulot. Après cette nuit d'épouvante, j'ai eu envie d'embrasser sa grosse bouille de bouffeur de cervelas et de me serrer contre son bide tellement ça me faisait du bien de le voir. Je devais avoir une sale tête mais il a pas relevé.

En fait, je dis plein de saloperies sur lui, mais je l'aime bien, Gilbert. Parce que c'est un bon gars et que vraiment, il aime les fleurs. Faut le voir décharger amoureusement les cagettes de pensées ou de narcisses, marcher à reculons en penchant son menton vers leurs pétales tremblotants pour les protéger du vent; faut l'entendre parler tendrement aux cosmos, aux clématites ou aux delphiniums pendant qu'il les redresse sur leurs tuteurs de bambou.

Mais ce matin-là – mon premier matin où j'entendais zézayer dans mes oreilles les bestioles de l'Antiquité grecque –, pas question de fleurs. On devait aller bêcher le rond-point de la route du Mans. Ça voulait dire toute la journée en plein vent, à s'escrimer comme des cons au milieu de nulle part. Ça voulait dire aussi pas de plat du jour chez Francine, parce que dans ces cas-là on est en journée continue, et il faut manger *sur site*. Pourtant, moi, j'aime bien son couscous du vendredi à Francine, elle me le sert sans viande pour pas cher.

Il a fallu faire un détour par le Super U pour mettre de l'essence, ce qui a donné à Gilbert l'occasion de râler une fois de plus. Depuis que le service a subi des coupes budgétaires, la municipalité n'avance plus d'argent à ses agents pour leurs frais. Alors pour le moindre achat, Gilbert doit jouer de sa carte bleue personnelle et penser à demander une note qu'il met six mois à se faire rembourser. C'est comme ça pour l'essence, mais aussi pour les gants, les sécateurs, les choses indispensables au boulot. Il en a vraiment marre, Gilbert. Il pensait avoir la paix en passant chef de service, c'est tout le contraire. Bientôt on devra payer de notre poche les engrais, les tondeuses, et pourquoi pas les buses d'arrosage automatique?

Moi je la ramène pas, je suis bien content d'avoir dégotté ce job, merci madame service-du-suivi-socio-judiciaire.

Après être passés à la pompe, on est entrés dans le supermarché pour acheter de quoi casse-croûter. Gilbert a pris du saucisson à l'ail et son calendos, tâté et reniflé avant d'embarquer le plus puant, comme d'habitude; moi, j'ai pris du tarama et une barquette de céleri rémoulade, bio tous les deux, ce qui m'a valu les habituelles réflexions de mon rural collègue: «Putain, non seulement t'es végétarien mais en plus t'es bio! J'ai vraiment l'impression de bosser avec une nana! Tu vas finir par pisser vert!» Il a attrapé un kil de rouge dans un rayon, pendant que je partais dans une autre allée chercher ma bouteille d'eau gazeuse. Il sait pas que j'ai toujours une Thermos de genmaïcha au fond de mon sac. J'en avale de grosses rasades en cachette sur les chantiers pendant qu'il part pisser jaune.

À la caisse, il a acheté *L'Écho du Perche* et nous avons pris la direction du Mans sous un ciel de ciment. Cinq kilomètres plus loin nous stationnions sur le bas-côté du rond-point.

Nous sommes descendus de la fourgonnette, avons enfilé nos gilets fluo, disposé les cônes pour sécuriser notre position, attrapé nos outils à l'arrière et sorti de nos poches nos couvre-chefs respectifs: un bonnet de laine pour moi, pour lui une casquette avec le logo d'un club sportif du coin.

Ainsi parés entre la D16 et la D495, nous sommes restés un instant immobiles sur le bas-côté du rond-point, écoutant le silence de la campagne, quand le bruit du moteur de la voiture qui s'éloigne a complètement disparu, et que celui de la voiture qui approche ne se fait pas encore entendre.

Nous avons traversé la chaussée, bêches et pelles dressées sur l'épaule telles des baïonnettes, et sommes arrivés sans encombre sur le théâtre des opérations: une motte boueuse dont nous devions «retourner la terre», selon les instructions que fournissait la feuille de service, sans préciser si c'était pour y planter un massif floral ou pour préparer la prochaine publicité touristique du Conseil régional, avec reproduction du château en miniature et banderoles façon Moyen Âge.

Nous avons passé la matinée à travailler en silence. Parfois une voiture klaxonnait gaiement et Gilbert levait le bras pour saluer une connaissance, qui lançait à travers la vitre une obscénité emportée par le vent. La terre d'octobre était facile à travailler, un bon terreau, pas comme celle que les collègues du cimetière doivent soulever quand ils préparent les tombes, toute cette caillasse agglomérée au béton de remblai, une vraie plaie.

Pourquoi je pense aux cimetières, moi, là?

À la pause-déjeuner, nous avons laissé nos outils sur le chantier, traversé la route déserte et rejoint la camionnette que le parfum du camembert de Gilbert avait généreusement colonisée. Il a sorti de son blister le boudin aqueux censé être une baguette de pain et j'ai avalé péniblement quelques bouchées trempées dans le tarama. Le céleri rémoulade ne passait pas non plus. Gilbert dévorait bruyamment, *L'Écho du Perche* déployé sur le volant. Quand il tournait les pages, je jetais parfois un œil sur les titres.

Et, de nouveau, un choc. Sur la page de droite, plein cadre, le visage de la fille. À la télé elle portait un chemisier orange, sur la photo du journal un chemisier fuchsia. Menton pointu, yeux verts, long cou... Elle a vraiment pas changé. C'était dans les pages intérieures, locales. Chaque vendredi, le libraire y va de son billet hebdomadaire. Soit il recommande un livre pour occuper le week-end des Nogentais, soit il présente un auteur qu'il va recevoir pour une signature. Et là, sidéré, j'apprends que la fille vient mardi prochain! Dans quatre jours donc! «Cette mère dévastée mais digne», légende le journaliste. Dévastée mais digne...

Mais qu'est-ce qu'elle vient foutre dans mon bled cette gonzesse?

Gilbert était plongé dans la lecture de l'article qui annonçait le gala de danse de sa gamine ce dimanche, il a croisé mes yeux, senti un malaise. «Tu la connais? – Non, c'est juste qu'elle passait hier soir à la télé...»

Sans un mot il a saisi la bouteille de rouge, essuyé le goulot avec sa manche: «Tu veux boire un coup?» Il sait que je bois pas. J'ai attrapé sa piquette et j'ai engiouti trois longues gorgées. Il m'a arraché la bouteille des mains, y a enfoncé le bouchon avec un geste un peu trop théâtral: «Bon, on y retourne?»

Dans l'après-midi, la terre s'est mise à fumer, un peu comme une bouche humaine aux premières gelées. L'automobiliste qui sortait de la ville devait voir de loin deux petites silhouettes sombres au milieu de la route, deux automates qui levaient et abaissaient leurs bras vers le sol dans un halo blanchâtre, jusqu'à ce que la lumière des phares prenne dans son faisceau le jaune fluo de nos gilets, faisant de nous deux lucioles municipales dans le jour déclinant.

Monsieur Lelièvre, responsable des Espaces verts de Nogent-le-Rotrou, me reçoit dans son petit bureau, à l'étage de ce qui semble une sorte d'Algeco pérenne, sur le site des serres municipales. Je l'ai sollicité pour un rendez-vous, soucieuse d'épaissir ma créature d'une enveloppe documentaire crédible, tourmentée déjà par l'impudence de mon esquive romanesque, par la prolifération des tentacules.

Monsieur Lelièvre répond de bon gré à mes questions et me détaille longuement le travail des agents. C'est un homme qui visiblement aime son métier, et les noms des fleurs dansent dans sa bouche comme des abeilles au-dessus d'un pistil.

Au printemps a lieu l'essentiel de la production florale. Après les dernières gelées, il convient de mettre en culture sous serre les plants des fleurs qui vont orner la ville de mi-mai à fin octobre. Ce sont les annuelles: œillets d'Inde, bégonias, géraniums, verveine, scaevola, cléomes, lobélias, zinnias, héliotropes, fuchsias, gaura, impatiens, graminées, dahlias. C'est également la période d'entretien des chemins de randonnée, de la tonte des bas-côtés des routes – avec des tondeuses électriques en *mulching*, c'est-à-dire sans ramassage, mais avec un procédé de broyage instantané en fines paillettes qui feront humus – et de la visite des experts de l'Office national des forêts qui doivent diagnostiquer les arbres malades à des fins d'abattage. Le vieux tilleul du château Saint-Jean est malade et menace les visiteurs. Il va devoir être abattu. L'émotion de monsieur Lelièvre est palpable.

Plus tard dans la saison, l'équipe doit se consacrer à l'aménagement des massifs, en collaboration avec des paysagistes, des élus, des architectes, des entrepreneurs de travaux publics. Cette étape suscite quelques heurts, puisque selon monsieur Lelièvre ces cols blancs n'y entendent pas grand-chose, et se préoccupent davantage de la visibilité de leurs opérations publicitaires que du confort des plantes. Leur exposition selon leur variété, côté soleil ou côté ombre, la nécessaire prémunition contre leurs nuisibles (chenilles processionnaires, limaces ou mineuse du marronnier), leur cohabitation favorable entre espèces…, toute cette organisation apparaît manifestement comme le cadet de leurs soucis, ce qui exaspère le fonctionnaire.

L'été, le déficit de personnel contraint à une activité ralentie, qui se résume essentiellement à l'arrosage et au désherbage. Il m'apprend que l'usage des produits phytosanitaires et autres engrais chimiques a été réduit de moitié pour d'évidentes raisons écologiques, si bien que la consigne est de promouvoir au maximum le désherbage manuel. La vertu d'une telle mesure est inversement proportionnelle à la satisfaction des agents, qui soupirent à la lecture de la feuille de service, tant la tâche est rude. Les bordures « pied de mur », où poussent les pissenlits, le pourpier, parfois des rejets de solides roses trémières, sont devenues leurs bêtes noires. Ils n'hésitent pas à avoir recours à de fréquents arrêts de travail pour échapper à la corvée. Monsieur Lelièvre en a fait mention au conseil municipal, il a bien tenté de convaincre que ces herbes folles ne constituent ni un danger pour les constructions ni une insulte pour l'esthétique, si bien qu'on pourrait limiter leur éradication, peine perdue. Logos visibles, invisibles lumbagos.

C'est avant la fin juillet que la mise en culture sous serre des bisanuelles doit être effectuée : myosotis, pensées, giroflées, pâquerettes, heuchères.

À l'automne on prépare les cimetières : débroussaillage, nettoyage des allées, et réception des bruyères et chrysanthèmes, seules fleurs qui ne sont pas élevées dans les serres municipales, mais commandées auprès de grossistes à l'étranger – encore un motif d'agacement pour monsieur Lelièvre. Il faut aussi retirer les annuelles et planter les bulbes qui, au printemps, donneront les tulipes, les narcisses, les jacinthes et les jonquilles. C'est également à l'automne qu'on procède à la vérification et à l'entretien des outils : bêches, pelles, binettes, cisailles, brouettes, tondeuses, tracteurs-tondeuses, désherbeuses à eau chaude, débroussailleuses, souffleuses de feuilles, arroseuses, broyeurs à végétaux, etc. Mais c'est surtout le ramassage des feuilles, au balai traditionnel ou à la souffleuse, qui occupe la majeure partie du temps des agents.

On pourrait croire que l'hiver est une saison calme, mais il n'en est rien : élagage, débroussaillage, taille des arbustes – spirée, forsythia, viburnum tinus, amélanchier, ribes, lonicera, céanothe, rhododendron, cotinus – sur lesquels on posera si nécessaire des bâches biodégradables. Il faut également fabriquer le paillage à la broyeuse pour le répandre sur les massifs les plus fragiles, et mettre en place le programme d'actions pédagogiques : journées portes ouvertes, création d'un jardin conservatoire en interaction avec les habitants pour réintroduire d'anciennes variétés, interventions au lycée agricole, dispositifs de troc vert.

La ville de Nogent prétend à une troisième fleur au label « Villes Fleuries », dont les paramètres sont : propreté de la ville, entretien des espaces verts, qualité et intégration du mobilier urbain, mise en valeur du patrimoine, reconnaissance de l'embellissement d'une communauté par le végétal, chromatisme, réduction des produits polluants, etc. Il reste environ un an pour se préparer à la visite des experts du jury. Maintenir motivées les équipes relève certains jours de stratégies d'une guerre perdue d'avance, surtout depuis que le renouvellement des équipements personnels – chaussures de sécurité, vêtements anticoupures, casques antibruit – n'a plus lieu que tous les trois ans, avec un budget réduit de moitié et indexé sur le marché chinois.

Ce bombardement de mots inouïs, ces énumérations chamarrées, interminables me rassurent, comme peut le faire un poème. Je prends sagement des notes, copeaux grumeleux, d'Alep ou de Marseille, pour la constitution de mon pain de savon, de mon bloc de pages.

Monsieur Lelièvre, un peu flottant dans son uniforme vert frappé aux armes de la Ville, m'apparaît soudain comme le tuteur discret de la plante grimpante qui s'enroulera autour des barreaux de nos cages, prison ou chagrin, jusqu'à en fendre le mortier.

Vendredi soir

Gilbert m'a déposé devant la mairie à 17 h 45. « Bon, ben salut. À dimanche alors. Oublie pas de changer d'heure ! » Il y a eu un petit temps de suspension, comme s'il interrogeait ma mine vaseuse pour savoir si, exceptionnellement, je ne reprendrais pas le rituel de l'apéro avec lui au Relais de la Poste, mais j'ai claqué la portière et il a redémarré. J'ai un peu regretté, mais je me suis dit que, dans l'état où j'étais, j'aurais pu tout lui balancer, et j'ai pas le droit. C'est stipulé dans la convention passée avec le JAP[1] : la ligne de démarcation entre notre ancienne et notre nouvelle vie doit être parfaitement étanche, rien ne doit filtrer qui soit susceptible de provoquer l'empathie ou le rejet, de fausser le regard des gens. On est comme l'agneau sorti du ventre de sa mère. Le dispositif est prévu pour nous redonner une

1. Juge d'application des peines.

innocence en quelque sorte... On peut dire que dans toute cette sale affaire j'ai été verni, ça oui ! Vedette à la télé, chouchou des assistantes sociales, cobaye des missions pilotes de réinsertion, pistonné pour tous les ateliers artistiques, protégé d'un taulard blindé de thunes, qui me prend sous son aile à la sortie. Me voilà avec un ticket first classe pour une seconde chance... Merci m'sieurs-dames ! Vive la République !

Pas question de faire l'andouille, donc. Alors je suis resté avec ma boule à l'estomac qui pesait plus lourd que toute la boue du rond-point collée sous mes semelles. Les lumières des terrasses de la place Saint-Pol étaient déjà allumées ; le décor vibrait étrangement à cause des brûleurs à gaz des chauffages extérieurs. Ou bien c'est moi qui voyais trouble. Je suis passé à Ma vie en bio m'acheter un plat tout fait, risotto aux cèpes et tombée d'épinards. « Et pour le pain je vous mets comme d'habitude ? » Jeannette a glissé dans mon panier la miche farine de châtaigne et graines de lin, avec son grand sourire tellement nature. Cette nana a le teint comme la roseraie du château au petit matin, et des dents à faire rêver les publicistes de dentifrice. Un jerrican d'huiles essentielles à elle toute seule. Il est clair qu'elle a le béguin pour moi. Je l'ai fait un peu parler, parce que je crois que, inconsciemment, je voulais laisser passer l'heure de fermeture de la librairie. J'étais crispé sur cette obsession : le bouquin de la fille. D'un côté je voulais me le procurer immédiatement, savoir si elle parlait de moi, de sa mère ; de l'autre je redoutais plus que tout au monde d'avoir ce truc entre les mains, comme s'il était lui-même l'essaim des guêpes de cinq mille ans qui ne me lâchaient plus la grappe.

Jeannette était aux anges que je lui accorde tant d'attention. Elle me racontait que le magasin Cado-Déco à côté de l'Office du tourisme avait dû mettre la clé sous la porte, à peine deux mois après le photographe et la boutique de piercings-tattoos, que même le marchand de cigarettes électroniques avait déjà du plomb dans l'aile – «Des commerces innovants pourtant!» Elle se demandait quand viendrait son tour, surtout depuis la récente ouverture de la grande surface de produits bio sur la route d'Alençon, où les Parisiens faisaient leurs courses avec de gros Caddies, les mêmes qui quelques semaines auparavant signaient les pétitions pour le maintien du commerce de proximité. «Quelle hypocrisie quand même!» Je l'écoutais en faisant des mmh mmh et des hochements de tête compatissants, et puis je crois que c'est en plein milieu d'une phrase que j'ai pris la porte pour me jeter dans la rue. Il était 7 heures moins dix. Chaque fois qu'un hasard quelconque me fait tomber sur cet horaire, je revois instantanément les caractères 1-8-h-5-0 imprimés sur le papier pelure des procès-verbaux de l'instruction. Ces pauvres flics avaient des machines à écrire d'avant-guerre, les *h* étaient à moitié effacés et les zéros perçaient le papier. «Le prévenu est arrivé sur les lieux du crime aux alentours de 18h50.» Je suis arrivé à la librairie aux alentours de 18h50. Celle de la rue Saint-Hilaire, la seule, quelques numéros plus bas que mon appartement. C'est sur mon chemin. En cinq ans c'était la première fois que je m'arrêtais devant. La nuit était tombée tout à fait cette fois et la vitrine était mal éclairée. Un portrait de la fille trônait au milieu, avec un bandeau annonçant sa venue pour le mardi à 19 heures. Menton pointu, yeux verts, cheveux roux: on aurait dit qu'elle me regardait droit dans les yeux, me dévisageant comme pour un défi.

Oreste, putain! C'est comme ça qu'il s'appelle le type grec qui a tué sa mère! Oreste! Le vrombissement des mouches s'est mué en vacarme de réacteur. J'ai poussé la porte de la librairie dans un état second. Le livre de la fille était sur la première table, bien en évidence. J'ai attrapé un exemplaire, très bleu, très brûlant, je me suis dirigé vers la caisse, j'ai sorti un billet de vingt euros. «Votre monnaie!» Sans m'en rendre compte, j'étais déjà presque dehors. Je suis revenu sur mes pas empocher les piécettes et je me suis enfui. Je courais presque le long de la rue Saint-Hilaire pour rentrer chez moi. J'avais glissé le bouquin sans emballage dans mon blouson. Dans la poche de poitrine ça cognait fort; je me demandais qui tirait sur qui. Mon cœur à chaque battement semblait perforer le carton de la couverture, ou alors c'était le texte qui me mitraillait le dedans, chaque mot comme une cartouche, celles à ailettes, qui font de la charpie. J'ai grimpé quatre à quatre les trois étages, clé, porte, interrupteur, porte, bonnet sur l'étagère, parka à la patère, Caterpillar déchaussées d'un coup de talon. Gestes automates. Barquette dans le micro-ondes, zapette entre les doigts. 19h08. Infos régionales. Je sentais plus rien soudain, une sorte d'anesthésie générale, comme si mes organes vitaux achevaient de se dissoudre, pendus comme des carcasses aux crocs de boucherie là-bas, dans l'azote liquide de la poche de poitrine. J'ai basculé ma viande de végétarien dans le canapé. Les images se succédaient sur l'écran, idiotes, comme tout le reste. Le risotto bio avait le goût de la bouffe de la prison. Je reconnaissais vaguement ça, cet état d'hébétude, ce sentiment d'irréalité. Tout ce qui restait de vivant en moi palpitait hors de moi, trois mètres plus loin, dans la parka, comme palpitait l'Opinel il y a trente ans, dans le teddy bear. Je me souviens juste qu'à un moment, comme si Gilbert m'appelait depuis la zone des vivants, comme s'il voulait me hisser hors de cette torpeur, la présentatrice de la télé a annoncé les résultats de la vente aux enchères du matériel municipal. C'est le nouveau truc de la mairie. Se faire du fric en se débarrassant tous les trois ans des équipements obsolètes ou endommagés. Dix mille euros récoltés, dont trois mille rien qu'avec le produit des ventes du service Espaces verts. Des crétins avaient raqué pour nous racheter nos vieilles tondeuses pourries, nos tuyaux d'arrosage mités, nos sécateurs émoussés… Pendant quelques secondes mes veines avaient rapatrié mon sang, lequel est retourné marécager entre les pages du bouquin, dans la doublure de mon blouson, le bocal à faire durer les assassins. Perpétuité, qu'ils avaient dit…

Chacun son bocal. Moi j'entretiens le formol à faire durer les morts. En quittant monsieur Lelièvre, je suis vite partie dans les champs, où j'ai trouvé le coucou et la jeune aubépine, des touffes très sauvages de lamier pourpre, de bouillon-blanc, de chicorée, de cardamine, de plantain et de scabieuse. Je bats la campagne. Pour mes potions à base de fleurs.

Je sais celles qui tiennent longtemps et celles qui fanent en quelques heures, celles qui grattent et celles qui apaisent, celles qu'on peut manger et celles qui empoisonnent.

Je connais celles dont la tige est gorgée d'une sève blanche qui laisse les mains poisseuses, même après les avoir frottées contre le pantalon ; et celles saturées de chlorophylle qui laissent les mains vertes, même après les avoir rincées sous l'eau claire. Il y a celles aux feuilles subulées, coupantes comme du papier, qu'on ne peut cueillir sans se couper, laissant un peu de sang sur la poussière du chemin. Il y a celles qui ne connaissent que le creux des fossés, forçant à l'acrobatie, parfois à l'entorse, le cul tout mouillé dans l'ornière ; celles qui pigmentent, celles qui saccagent leur exceptionnelle beauté par un parfum détestable. Il y a celles qui resserrent leurs pétales autour de la dernière lueur du jour, étreignant les restes de clarté comme pour faire lampion. Il y a celles qui sont festin pour les insectes, prodigues, ouvertes, lustrées, et celles qui penchent pudiquement la tête pour échapper au butinage incessant. J'arpente les talus, les prairies, les halliers. Je soustrais les fleurs à leurs saisons pour les assembler dans un vase, de luxe ou de fortune. Je les contemple et tout paraît réconcilié.

Dès lors le type qui a tué ma mère peut bien se balader en jardinier dans un roman. C'est dans sa brouette qu'il y a le terreau pour mes bouquets de résilience. Je lui donne ma langue, mon amour des fleurs et ma tendresse pour les sous-préfectures. Je lui invente un collègue sympa et un amant cultivé. Il a même droit à un micro-ondes. C'est ma vie ventriloque, ma bouche parallèle, pliée, dépliée, repliée, origami de malheur, où la distribution des rôles, les gentils et les méchants, s'est perdue en route.

Samedi matin

J'ai passé toute la nuit à lire le bouquin de la fille. Ça m'a complètement retourné. Quand même, voilà deux fois que cette nana doit encaisser une saloperie de catastrophe de mort. La première à cause de moi, la deuxième à cause d'un microbe. Je me suis senti un microbe.

Si Alexandre était encore de ce monde, je lui aurais donné à lire, ça lui aurait plu. Et il aurait été épaté que je passe toute une nuit avec un livre, lui qui s'est donné un mal de chien pour me mettre en contact avec un peu de littérature. Il animait le club lecture à la prison; il avait trois clients moroses à qui il faisait des conférences bien trop sophistiquées. Moi, j'y allais pour lui faire plaisir, mais j'ai jamais rien compris à tout ce truc de mots, de fiction, de phrases, de personnages, de sens caché, de message, de narration, de composition, tout ça. J'aimais le regarder causer, il s'enflammait, exalté, il lisait de longs passages en mettant le ton, ça faisait un peu comme au théâtre, il avait l'air d'un acteur, il était beau comme tout. Et puis la bibliothèque était mieux chauffée que les cellules et ça nous faisait des points pour la note en comportement, celle qui compte pour les remises de peine. Il me manque, putain. Le bouquin de la fille, il aurait dit plein de choses intelligentes dessus. Je suis sûr qu'il aurait prononcé le mot «poétique»; et cet autre mot que j'oublie toujours, quand on réussit à faire un truc très beau d'un truc très moche.

Perdre son gosse quand même... Même ma mère, qui a dit qu'elle avait perdu le sien quand j'ai pris perpète, c'est pas pareil.

Bizarrement j'ai pu dormir quelques heures après la lecture, comme si j'avais pris une drogue dure ou un coup de massue. Mais ce matin au réveil, le livre était comme par hasard ouvert à la seule page où la fille mentionne l'histoire de sa mère. La phrase m'a sauté à la gueule, où elle écrit noir sur blanc: *violée et assassinée,* et j'ai clairement senti quelque chose à mes trousses. Or j'ai jamais eu le goût de la cavale. Même à l'époque, les flics n'ont eu qu'à me cueillir dans mon lit vingt-quatre heures après ma connerie pour que j'avoue dans la minute. Salaud un jour, salaud toujours?

J'ai essayé d'attaquer mon week-end comme si de rien n'était. Céréales aux fibres, yaourt soja-figue, thé vert. Rien n'est passé. La gerbe. Je me sentais chimiquement sale, comme si j'hébergeais des barils de venin. Comme si en moi se fabriquaient les tueuses féminin pluriel, les bactéries qui se sont embusquées dans le corps de la môme de seize ans, les petites griffes qui ont saisi le cœur de mon amant. Leurs agonies se plaquaient sous mes paupières. Je titubais, possédé, incohérent. J'ai réussi à me jeter dehors, à rassembler suffisamment d'esprit pour mettre droites mes pensées: coiffeur, salle de sport – le programme du samedi. Mes habitudes bien ordonnées, qui font de moi un être transparent, un monsieur Tout-le-Monde, un inoffensif administré de cette bonne petite ville, devaient reprendre le dessus. Mais dans la rue j'agitais les bras autour de moi comme pour chasser le nuage de taons infects, je grimaçais, je marchais en tous sens sans retrouver le salon de coiffure. Je me sentais tatoué de mort et de sang, aussi repérable qu'un criminel en fuite ou un évadé d'asile. J'étais les deux j'étais nu. J'avais l'impression que tous les regards convergeaient vers moi avec effroi, prêts au lynchage, à la dénonciation, à la vengeance. Ma peau brûlait du dedans, urticaire géant, enflammé par les gisants, l'enfant, la femme, l'amant... Et moi le vivant, le planqué de Nogent, le si petitement puni, je sentais craquer la panoplie, les coutures se rompre, comme dans ces films d'horreur où le monstre qui a pris forme humaine pour tromper ses ennemis se révèle sous son aspect véritable, abject composite de matières gluantes et verdâtres, tandis que son enveloppe humaine se disloque à ses pieds, trompe-l'œil cynique réduit à une flaque innommable.

J'ai couru me réfugier chez moi, j'ai tiré les verrous et les rideaux, même si je savais que rien pourrait me barricader contre cette vague qui enflait sans mesure, et qui allait détruire toutes les digues que depuis trente ans des gens savants et bien intentionnés ont édifiées autour de moi pour me protéger de moi-même.

Digues de papier sur fondations de vent.

Bien sûr.

Ils m'ont tous dit, les psys, les JAP, les journalistes, que c'était à moi de fortifier la digue, de couler moi-même le ciment de la rédemption.

C'est ça aussi qu'elle essaie de me dire la fille dans la télé, sur l'affiche, dans son bouquin; c'est pour ça qu'elle débarque, maintenant, trente ans plus tard, menton pointu, yeux verts, chignon roux.

Oreste! Un nom de pédé...

J'étais sur mon canapé, ses relents de pieds sales et de mousse synthétique avariée me soulevaient le cœur, les guêpes mythologiques obscurcissaient mon cerveau, je sentais mes organes se friper comme un vieux bulbe de jacinthe rassis. Jamais je n'avais été aussi mal, ni au tribunal, ni en taule, ni à la mort d'Alexandre; ni même en frottant sur mon pantalon mes mains pleines de sang.

Ça y est. T'y voilà. Cette fois tu n'y échapperas plus.

Je comprenais vaguement que ce magma déferlait légitimement, différé, amplifié par dix-huit années de détention frivole et une demi-décennie de love story avec un prince assassin. Que ce n'était pas le hasard qui avait guidé mon doigt sur la télécommande ce jeudi. C'est l'heure des comptes, on dirait...

J'ai réussi à m'arracher du canapé. Je savais ce que j'avais à faire.

Ah.
Voilà que le personnage *sait ce qu'il a à faire*.
Prend la main, s'émancipe.
Aménage son rôle.
Veut écrire ses propres mots dans les bulles de lessive.
Très bien. Voyons.

Sous le canapé il y a une valise, pas très grosse, celle avec laquelle je suis arrivé ici après les semaines d'errance qui ont suivi la mort d'Alexandre, celle qu'ils m'avaient rendue à la sortie de prison, qui contient les effets personnels confisqués à l'entrée. Pas ouverte depuis que je suis installé dans ce trou. Dedans, les trois couches de ma vie sont sédimentées dans une odeur qui va pas tarder à avoisiner le moisi des brocantes à l'abandon. La vie d'avant ma connerie, la vie en taule, et ma vie avec Alexandre. J'ai fait jouer la serrure et j'ai tout de suite vu la djellaba blanche. Évidemment ça m'a fait un choc. De toute façon, tout ce que renferme cette valise attaque la conscience comme de l'acide chlorhydrique.

Alexandre est mort en rentrant du Maroc. On voyageait beaucoup, le non-lieu accordé en cassation lui avait permis de toucher l'héritage de sa femme, une somme avec plein de zéros qu'on dépensait en bahts, en pesos mexicains, en dollars californiens, en roupies, en dirhams et en putes. Il a jamais voulu me dire si c'était lui qui l'avait tuée. Moi je crois que oui. Lui se contentait d'affirmer que la décision de justice fait vérité. Non-lieu donc. Abandon des poursuites. Je me demande s'il a pas été poursuivi par les bestioles grecques quand même... Sinon pourquoi il m'aurait déballé ce bazar mythologique ? Et moi, d'avoir pris perpète, ça dit quoi comme vérité ? Sur moi, sur celle que j'ai plus entendue nommée autrement que comme ma victime, sur la justice ?

À Casa, on s'était acheté chacun une djellaba blanche, un truc somptueux, brodée de fils nacrés à l'encolure, au bas des manches et à l'ourlet. On se pavanait là-dedans sans slip, un beau couple vraiment, la classe. On était remontés jusqu'à Tanger parce que Alexandre voulait repasser sur les traces d'un écrivain homo américain des années 50, un type fracassé de drogues et d'alcool, qui glandait sur la plage avec une bande de potes aussi déjantés que lui. Évidemment j'ai oublié son nom. Alexandre était superexcité. Avec nos allures de princes du désert, on levait tout ce qu'on voulait. C'étaient les mêmes corps secs, racés, fuyants que les Arabes qu'on se tapait parfois en prison, sauf que ceux-là sentaient la fleur d'oranger et le pollen de cannabis, et qu'ils avaient des dents. On avait la volupté crasse et raffinée à la fois. On nageait, on baisait, on raquait, on dormait dans des riads luxueux, où nos djellabas seraient nettoyées dans la nuit par le petit personnel, retrouvées au matin, immaculées. On avait plus qu'à y fourrer le portefeuille bourré de biftons et à reprendre la chasse. De belles vacances...

Deux jours après le retour, Alexandre m'a fait un infarctus dans la maison normande. Effondré en kimono parmi ses bonzaïs.

L'ex-belle-famille a applaudi des deux mains à la mort du pédé assassin. A crié justice. Justice enfin. A pris sa carte Vitale pour enregistrer sa fin et ma liquidation. J'étais rien. Qu'un parasite dégoûtant. Alexandre et moi on se demandait si on serait encore vivants quand serait votée une loi en faveur du mariage homosexuel. En prévision du contraire, il m'avait filé une petite boîte avec deux gros bijoux très coûteux, un saphir en pendentif monté sur une chaîne d'or et un diamant enchâssé dans le chaton d'une bague, sans doute ceux de sa femme surinée, ou de sa mère, ou d'une attaque de bijouterie – Alexandre laissait croire qu'il avait eu une vie romanesque et aventurière, peuplée de brigands magnifiques et d'artistes en soleils noirs. C'était bon de le croire et d'être aimé de lui. Tant que battait son cœur aimant. Mais son cœur avait lâché et le lendemain matin j'étais sur la route, avec la fameuse valise. J'y avais ajouté sur le dessus la djellaba, soigneusement pliée, et la boîte à bijoux. Je marchais dans la campagne qui avait plus de saisons, puisque ma météo était bloquée sur l'été permanent du Maroc et l'hiver infini de la mort d'Alexandre. Franchement, je saurais pas dire si les arbres avaient des feuilles, si les fossés avaient des fleurs. Je tirais la valise qui faisait un boucan d'enfer sur le macadam de la départementale. Le monde avait maintenant des euros et des téléphones cellulaires, des capteurs pour compter le pouls pendant le jogging et les calories pendant le repas, mais j'étais dépeuplé et démuni. Ma seule perspective était que la gentille assistante sociale du service de suivi médico-judiciaire soit toujours en poste. Elle m'avait à la bonne, elle me trouverait quelque chose, n'importe quoi.

Dans la cahute de l'arrêt du car, il n'est pas exclu que je pleurais.

Bon.

Voilà ce que ça donne.

Du mélo cheap. Du pathos larmoyant.

Oreste alone on the road, comme dans une scène finale de Chaplin, quand l'image se ferme à l'iris sur des abîmes de solitude qui vous tirent la larme.

Au grand lavoir là-bas, Alexandre, ma créature du contrepoint, sensible et érudite, trouverait la scène un peu facile. Il conseillerait de limiter l'usage de l'assouplissant senteur guimauve et mettrait en garde contre le danger des grandes lessives, quand on mélange sans discernement les torchons et les serviettes. Merci Alexandre.

Cependant, rinçage après rinçage, les eaux s'éclaircissent. Le marronnasse nicotineux se déchromatise vers un espoir de transparence. Les jus sales hésitent encore entre la stagnation en mare putride ou l'échappée vers le lumineux delta. C'est parce que à ce stade affleurent les zones où le Bien et le Mal migrent vers le fameux *par-delà*, là où les valeurs morales ne sont plus que des serpillières noires de boue, qu'on a roulées en boudin sous les portes pendant la grande inondation.

Il convient donc de rester gainée dans les vigoureuses vertèbres des lavandières, de rendre justice à leur effort de blanchiment. Il est des taches qui sont difficiles à éradiquer. Comme certaines poussières de pistils, safran des crocus, sang des mûres. Et l'indigo profond des hématomes.

Samedi après-midi

La djellaba blanche, c'est pas ce que je cherchais dans la valise.

Ce que je cherchais était rangé dans la couche du milieu: le DVD où c'est moi le héros. Il fallait que je le visionne. Maintenant. Un masque tomberait peut-être, cette greffe de visage prélevé sur un cadavre par l'opération diabolique de deux chirurgiens d'une esthétique trompeuse.

J'ai extrait le DVD de la valise, l'ai inséré dans le lecteur et me suis remis dans le canapé, pas au fond comme d'habitude, mais les fesses sur le bord et les coudes sur les genoux, tendu.

À l'époque, ces deux types, un réalisateur de documentaires et son pote psy, s'étaient lancés dans un truc de fou: parler de cul dans la télé des Français, tout cru-tout cul, le cul avec des gosses, le cul six fois par jour, le cul entre pédés, le cul sans cul, bite couilles cul, le cul jusqu'au crime.

Je sais pas trop comment ils sont tombés sur moi pendant leurs recherches de pigeons à interviewer, quelle assistante a sucé quel magistrat, quels pots-de-vin avaient graissé quelles pattes, mais un jour à Fresnes (j'étais en taule depuis trois ou quatre ans déjà) j'ai été convoqué chez le directeur, qui m'a expliqué qu'un journaliste et un psychanalyste lui avaient demandé l'autorisation de me filmer quelques heures. Que c'était pour la télé. Que le projet était intéressant. Qu'il pouvait donner un autre éclairage sur le monde de la prison. Que son établissement en serait valorisé. Que c'était une espèce de feuilleton sur les histoires d'amour bizarres et qu'on serait en quelque sorte le clou de la série. Je comprenais rien, il me parlait comme à une future tête d'affiche, c'est tout juste s'il me demandait pas de signer un contrat tout de suite, là, dans son bureau miteux où j'avais les menottes.

Et puis voilà, la chose s'est faite, un jour ils se sont pointés tous les deux, on a rajouté deux chaises dans ma cellule, le maton est resté debout, ils m'ont expliqué ce qu'ils avaient envie de faire, ils ont parlé pendant des heures, je pipais une phrase sur deux, c'étaient plein de mots que je connaissais pas, parfois ils parlaient en même temps, ils disaient pas cul ils disaient sexe, ils voulaient taper un grand coup, secouer la société, démasquer les hypocrisies, lever le voile sur les lacunes de mon procès, contredire les jugements étriqués des petits juges de province, etc. Ils m'ont expliqué qu'ils iraient aussi dans la ville du drame recueillir d'autres témoignages, ma famille, mes anciens amis. Ils étaient plutôt sympas, ils me maternaient presque, j'avais trente-trois ans; avec leurs voix rondes et chaudes, leurs cheveux grisonnants et leur souci de s'occuper de mon avenir (je venais de prendre perpète), j'ai eu l'impression d'avoir deux papas tombés du ciel.

Toute cette affaire du film a changé ma vie. Ces mecs m'ont plus lâché. Pendant les treize années suivantes où je suis resté en taule, soit l'un, soit l'autre, parfois les deux, sont venus me rendre visite, au prix souvent de nombreuses heures de train selon mes transferts, pour me filer quelques centaines de francs, des trucs sucrés à bouffer et des grosses bises un peu baveuses. Des fois je me dis que leur passage servait aussi à soudoyer qui il fallait, parce que j'ai jamais été emmerdé pour participer à un atelier, ou changer de régime alimentaire, ou choisir mes codétenus, ou avoir gratuitement la télé en cellule, ou refuser d'exercer une activité professionnelle. J'étais «leur ami», ils me l'ont dit dès le premier jour, ils le sont restés jusqu'au dernier. Ils m'ont toujours prévenu que, dès que je serais dehors, ils couperaient tout contact avec moi. La dernière fois que je les ai vus, peu avant ma levée d'écrou, je leur avais dit que je partais vivre avec Alexandre, ils en avaient la moustache trempée de reniflements émus. Entre deux accolades poisseuses, ils m'avaient offert une copie DVD du film, *parce que bientôt, tu sais mon grand, on pourra plus lire les cassettes VHS, à cause du progrès technologique, alors on trouve normal que tu aies ton exemplaire à toi dans ce format, tu pourras le copier dans un ordinateur, c'est très moderne.* Je les avais trouvés vieux, finis. Ils me manquent pas.

Pendant trois jours ils ont filmé. Je savais plus si ma piaule était un studio de cinéma, un cabinet de psy ou un salon parisien. Putain, quand même, qu'est-ce qu'ils étaient forts, les mecs ! Tout ce qu'ils m'ont fait cracher !

Ce qu'ils voulaient entendre, ils te l'arrachaient de la bouche. Ils avaient une façon de t'interroger, de te poser les questions en suggérant les réponses, d'orienter l'entretien, de manipuler ton discours, de t'amener là où t'avais pas prévu, avec des *Vous voulez donc dire que*, et des *On pourrait donc en conclure que*... Et toi, t'es comme un con, tu sens que c'est pas exactement comme ça que tu penses, mais comme il faut pas laisser de blancs trop longs, à cause du ronron de la caméra qui tourne, tu dis *Oui oui, c'est ça* sans trop réfléchir, et ton destin est changé.

Je les ai rendus heureux comme des pères Noël qui, en plus de cadeaux, sèmeraient la Paix et la Joie sur la Terre, parce qu'ils avaient, en quelque sorte, fait œuvre de charité en me révélant mon homosexualité. Ils avaient accouché un coming out de premier cru, comme on dirait maintenant, et désormais une formidable sérénité allait se répandre sur moi, grâce à une sexualité épanouie qu'ils avaient contribué à désinhiber.

Je leur avais raconté les partouzes avec le gros Jipé, sans trop insister sur les enculades parce que je croyais que j'aimais pas ça. Ils m'ont regardé en hochant la tête: «Ah bon? Vous n'aimiez pas ça?» et j'avais trouvé vraiment dégueu qu'ils me soupçonnent d'être un pédé. Et puis ils ont continué à me poser des tas de questions sur ce thème, à me faire dire des trucs vraiment intimes. Je parlais je parlais, je me souviens même plus de ce que j'ai raconté, mais leurs yeux brillaient et ils avaient l'air tout contents. À la fin du tournage j'étais perplexe. Comment donc? Je serais homo sans le savoir? Et puis peu de temps après je me faisais mettre sans rechigner par les caïds de la zonzon, et encore après je suis tombé amoureux d'Alexandre. Zéro clito zéro nichons, c'est vrai que ça m'a simplifié la vie. On aurait juste pu me prévenir avant...

Des fois je me demande si j'étais pédé depuis toujours ou si je le suis devenu pour leur faire plaisir. Ça tenait tellement bien la route leurs théories, c'était tellement bien ficelé que j'avais l'impression que c'était moi la victime, qu'une grossière erreur judiciaire avait été commise et que, tels des Servants de la Vérité, ces deux-là débarquaient dans ma vie pour blanchir ma faute, effacer mon crime et faire valoir mon innocence devant le monde entier avec leurs micros et leurs caméras. Une homosexualité refoulée à cause d'une mère possessive et d'un père autoritaire, le tout dans un milieu social acculturé et traditionaliste, ça peut conduire au meurtre, faut pas s'étonner.

«C'est pas ta faute, mon p'tit gars, si tu as tué cette femme. Tu les aimes pas, les femmes, sauf ta mère bien sûr. Et celle-là a payé pour toutes, c'est tout.»

Mais quand même, en regardant le film, je me dis que tout ça était cousu de fil blanc, une vue de leur esprit. Trop forts, les mecs. J'étais le cobaye idéal, un spécimen prémâché de victime du système, une illustration vivante des ravages du non-dit. Je me suis même demandé ce qu'étaient devenus les autres, les gamins, les ados, les cocus, les tordus, les mordus du cul, tous ceux qui avaient tourné dans les autres épisodes de la série, ces gloires éphémères, qui vivaient depuis vingt-cinq ans avec ça, casserole ou auréole, héros d'un jour à la télé, confessés par des fouineurs déguisés en agents de la postculture, du progressisme social, de l'anti-puritanisme et de la liberté à tout prix. Est-ce que ça avait changé leur vie aussi ? Moi oui, c'est certain. J'étais devenu leur chouchou, leur protégé. Ils avaient du fric et un sacré carnet d'adresses, j'en ai bien profité.

Sauf que là ça déraille, je le sens. L'écho d'une autre histoire que m'avait racontée Alexandre me remonte comme un rot d'huître pourrie. Celle de ce docteur allemand qui avait vendu son âme au diable en échange de la vie éternelle. Je sais plus le nom. Évidemment.

J'ai terriblement envie de picoler et ça sent la fin du conte de fées. Sur l'écran où des lignes blanches horizontales défilent maintenant comme un encéphalogramme plat, j'ai revu ma mère, qui fait la gracieuse quand elle raconte que je lui disais qu'elle était belle, et qu'elle était la seule femme de ma vie, et ça m'a filé la gerbe tellement elle était à côté de la plaque. Et puis j'ai revu la fille de la mère que j'ai tuée, la mère de la gamine morte, celle qui parlait à la télé l'autre jour. Les types avaient réussi à la convaincre de témoigner aussi. Dans le DVD, elle est douce et triste et sans haine contre moi avec ses vingt ans qui ont déjà tout compris, comme dans l'émission elle était douce et triste et sans haine contre les toubibs avec ses cinquante ans qui ont l'air d'en savoir plus que tout le monde. Et puis j'ai revu les archives de la reconstitution du crime, quand je mime la baise avec le manche de pelle à neige, les coups portés avec le trépied, puis avec l'Opinel. J'ai revu ma petite gueule de con, le beau gosse photogénique tellement fier d'être sous les feux de la rampe, balancer comme un ange qui fait risette la seule explication que mon avocat m'avait enjoint de fournir: «J'ai été violent parce qu'elle s'est moquée de moi. Et elle s'est moquée de moi parce que je... je... Enfin je...» Et eux finissant le sale boulot: «Parce que vous ne pouviez pas entrer en érection?», et moi, tellement soulagé: «Oui, c'est ça... Et ça l'a fait rire. Elle a éclaté de rire...» Et aussi je me suis revu dire, à la toute fin du film, quand les types me demandent si j'ai un dernier mot à ajouter pour les téléspectateurs, je me suis revu dire, dans un grand sourire niais et en me trémoussant sur ma paillasse comme une pucelle qu'on demande en mariage, je me suis revu dire, ravi et insolent, dans un face caméra de gagnant de supercagnotte au loto: *Merci.*

J'ai pas dit pardon, j'ai dit merci.

Le matin du soir où la deuxième chaîne diffusait pour la première fois le film dont la figure principale était l'assassin de ma mère, en prime time et en grande pompe, j'étais en Bretagne sous un ciel d'albâtre sale. La nuit qui venait de s'écouler était la dernière que je passerais avec un homme que je voulais quitter, un homme que j'aimais, mais que je rendais malheureux parce que j'étais toujours triste. Depuis une semaine, nos jours macéraient dans un gris indistinct, granitique, baigné de larmes et de pluie, qui avait fini par se fixer sur nos visages et sur nos gestes. J'étais à sept cent soixante kilomètres d'un canapé qui m'attendait pour que je m'y blottisse avec le veuf de la victime, mon père, devant un écran où je redoutais par-dessus tout de me voir apparaître, puisque j'avais consenti à témoigner dans le documentaire. Je possédais une vieille Fiat Panda dont l'état général laissait peu de chances de rouler dix heures d'affilée sans mauvaise surprise mécanique. Je devais traverser la France à bord d'une épave, moi presque une épave déjà. Au moment de partir, la pluie s'est mise à redoubler. Elle me cinglait comme les lanières d'un fouet pendant que je chargeais la voiture, vérifiais les niveaux, sous les yeux de l'homme que j'abandonnais. Je me suis installée derrière le volant, le moteur a rechigné pour démarrer, comme engorgé lui aussi par la montée des eaux, pluviales et lacrymales, et bien sûr j'ai regardé longtemps dans le rétroviseur la silhouette de l'amant perdu, inscrite dans l'encadrement de la porte, immobile et vibratile à la fois, défigurée par tous ces écoulements, tout ce ruissellement pathétique des amours quand elles finissent, sans savoir si je reverrais ce corps, si je réentendrais cette voix.

J'allais faire la suture entre l'ouest et l'est du pays, entre un avenir bancal et un passé inadmissible, entre l'homme que j'aimais et celui qui m'avait engendrée, sept cent soixante kilomètres pour aller voir dans une télé l'homme qui m'avait ravi celle qui m'avait donné la vie.

J'avais accepté d'être filmée, de me confier à ces nouvelles stars du PAF, un journaliste et un psychanalyste – on venait d'inventer ça : le Paysage audiovisuel français. Tout le monde s'était opposé à mon intervention, parce que ce que je savais de la mort de ma mère, de ses relations avec son meurtrier, mettait en cause la version officielle, version que le verdict avait entérinée par une condamnation à l'emprisonnement à perpétuité. J'avais cédé au pouvoir de conviction de ces deux types, dont les voix rondes et chaudes, les cheveux grisonnants et le souci de prendre soin de mon avenir (je venais de finir mes études), m'avaient donné l'impression d'avoir deux papas tombés du ciel. La pression était forte, ils voulaient dénoncer une erreur judiciaire, dressaient un portrait de la victime, ma mère, en névrosée nymphomane dealeuse de came, bien loin de la respectable commerçante décrite par les journaux et l'instruction. C'est une théorie qui leur plaisait bien, ils avaient trouvé d'obscurs témoins pour l'étayer, des amis de l'assassin, des membres de sa famille, des corbeaux de province, des chacals de savane alsacienne, dont les interviews étaient déjà en boîte. Leur empathie pour le condamné était telle que dans leur discours il apparaissait blanc comme neige, un jeune homme blessé, qu'une enfance privée d'amour avait chargé de pulsions mauvaises et de troubles de l'identité sexuelle, dont ma pauvre mère avait fait les frais, vraiment pas de chance. J'étais la seule à pouvoir apporter un autre éclairage, je serais celle par qui adviendrait la Vérité, ni celle des juges, ni celle des journalistes ; les premiers figés dans la défense de l'ordre moral, les seconds égarés dans l'air du temps : angélisme social et goût de la provocation.

J'étais piégée de toutes parts. Ne pas parler laissait le champ libre à leur interprétation calomnieuse, parler allait m'attirer le ressentiment de ceux qui souhaitaient maintenir la morte dans son innocence lisse. Ils insistaient en évoquant l'étroitesse de l'esprit provincial, son enracinement dans des préjugés qui excluaient qu'on puisse connaître un jour la passion, la névrose, la dérive, l'exaltation mortifères. Ils m'expliquaient que leur projet s'inscrivait dans un champ plus vaste, une série vaguement subversive qui devait précisément ébranler ces codes bourgeois et mettre au jour les dérèglements cachés de notre société. Ils se disaient conscients du courage que cela me demanderait, promettaient de rester dans les limites d'une grande pudeur. Je sentais confusément qu'ils me manipulaient, que leur véritable enjeu était d'arracher l'interview de la fille de la victime, une pièce de choix pensez-vous, mais j'avais vingt et un ans et des convictions encouragées par la gauche fraîchement élue, j'habitais maintenant la capitale, je lisais Foucault, Deleuze et Derrida. J'ai choisi mon camp, pensant bien faire. Pendant le tournage, je parlais je parlais, je ne me souviens même plus de ce que j'ai raconté, mais leurs yeux brillaient et ils avaient l'air tout contents.

Je roulais sans réussir à fixer mes pensées ni sur la rupture du matin, ni sur la projection du soir, et à la moitié du trajet exactement j'ai dû sucer la bite d'un routier. J'ai dû sucer la bite d'un routier parce que je suis tombée en panne d'essence. Je poussais la voiture sur la bande d'arrêt d'urgence et sous des trombes d'eau. Le routier a stoppé à ma hauteur et a proposé de m'emmener jusqu'à la prochaine station pour remplir un jerrican. Je suis montée, il a garé son camion tout au bout du parking poids lourds de l'aire d'autoroute, il a coupé le contact… Et puis brusquement, schlak schlak il a enfoncé les targettes de toutes les portières, puis schifff schifff il a tiré les rideaux sur toutes les fenêtres, y compris sur le pare-brise, et puis blam il m'a violemment saisie par la nuque, et il a dit : « L'essence, c'est cadeau si tu me suces. »

J'ai négocié les conditions – *tu me touches pas – tu regardes devant toi* –, j'étais de glace, tout était presque normal dans l'enchaînement des calamités. De l'amour, plus jamais sur la terre il ne serait question, le rire immense d'un dieu sadique, lubrique et victorieux l'avait tué. Bite couilles cul. Pourvu qu'il bande au moins...

Je n'avais jamais vu ça, le sexe en érection d'un homme assis et habillé, sommairement extrait de la braguette, cerné de poils blancs qui s'accrochaient à la fermeture du blouson, répandant une vague odeur d'urine et de Paic Citron. Je n'avais jamais vu un type jouir les mains sur les genoux, les yeux droit devant lui, sans produire un seul son. C'est plus tard seulement que j'ai compris la notion de misère sexuelle. Naissance d'une cuirasse.

J'ai fait les trois cent quatre-vingts derniers kilomètres dans une hébétude incrédule. La pluie ne lavait rien. Elle coulait comme la cire d'un cachet qui scellait la fin des illusions et l'impitoyable logique des transactions comptables. Bite couilles cul, tout est à vendre. La vérité aussi. Même le deuil, même la mort sont sur le marché. Le grand rire de Méphisto hoquetait au rythme des essuie-glaces.

Ce contretemps m'avait mise très en retard. J'ai inventé un gros mensonge et je suis arrivée juste à temps pour le générique. Mon père avait gardé au chaud mon plat préféré et nous nous sommes serrés, muets, inquiets, glacés, statues de sel sur canapé.

Pendant le visionnage je n'écoutais rien, de toute façon je connaissais déjà le film. J'attendais juste de me voir à l'écran, pour savoir si je passais bien à l'image, si mon pull ceci, si ma coiffure cela. Je regardais les images, mais un autre film se superposait : la panne, la pluie, la bite. Et en fait c'était le même film, le même deal, la même vénalité, la même pornographie. Ma mère trahie achète un peu de tendresse entre les bras d'un fou qui vend son histoire à des mecs qui achètent des dirigeants de chaîne qui vendent de la merde à des gens qui payent la redevance.

Et moi je suce pour un bidon d'essence, le jour même où toute cette histoire est mise en pâture sur petit écran. Abjecte coïncidence. Honteux coup du sort. Qui me remplissaient de honte et d'abjection.

Vers la fin du film, j'ai revu sa petite gueule de con, de beau gosse photogénique tellement fier d'être sous les feux de la rampe, balancer comme un ange qui fait risette la seule explication que son avocat lui avait enjoint de fournir : « J'ai été violent parce qu'elle s'est moquée de moi. Et elle s'est moquée de moi parce que je… je… Enfin je… » Et eux finissant le sale boulot : « Parce que vous ne pouviez pas entrer en érection ? », et lui, tellement soulagé : « Oui, c'est ça… Et ça l'a fait rire. Elle a éclaté de rire… » Et aussi je l'ai revu dire, à la toute fin du film, quand les types lui demandent s'il a un dernier mot à ajouter pour les téléspectateurs, je l'ai revu dire, dans un grand sourire niais et en se trémoussant sur sa paillasse comme une pucelle qu'on demande en mariage, je l'ai revu dire, ravi et insolent, dans un face caméra de gagnant de supercagnotte au loto : *Merci.*

Il a pas dit pardon, il a dit merci.

Le rire de ma mère. Le rire de Méphisto.

Est-ce que je serais morte aussi, si le routier n'avait pas pu bander ?

Samedi soir

Après le visionnage, je sais pas combien de temps je suis resté hagard devant l'écran noir.

J'ai fini par appuyer sur la touche eject, espérant que cesserait le ronronnement que j'attribuais au DVD resté bloqué dans l'appareil. Mais non, c'étaient ces putains de bestioles qui remettaient ça, plus fort que jamais, logées dans mon crâne comme dans une ruche au miel noir.

J'aurais donné n'importe quoi pour voir la grosse bouille de Gilbert, sentir sa paluche assener son jovial bonjour entre mes omoplates, l'entendre avec son gros accent péquenot me donner les consignes du jour, même si c'était désherber à la main tous les pieds de mur de la rue de la Herse, côtés pair et impair s'il fallait; même si c'était balayer toutes les feuilles mortes des jardins de la sous-préfecture. Mais on était samedi, congé réglementaire; le soir tombait déjà, saloperie d'octobre. J'ai bien pensé à utiliser la ligne des urgences psy. L'assistante sociale du suivi médico-judiciaire m'avait donné le numéro avec un sourire de lauréate de concours – *je vous le donne, mais je suis sûre que vous n'en aurez jamais besoin* –, trop fière d'avoir mené à bien mon dossier de réinsertion dans ce trou du Perche, de m'avoir trouvé ce job transparent quand elle m'avait recueilli après la mort d'Alexandre. Mais c'était trop tard, le vernis avait craqué; le prisonnier modèle, le jardinier modèle, tout ça c'était fini. J'étais fait comme un rat. La panique m'a saisi.

Je savais ce qu'il y avait d'autre dans la valise. Et je savais aussi que la panique aurait peut-être une chance de s'étouffer si je la noyais dans beaucoup d'alcool. Beaucoup beaucoup d'alcool. Je sais plus depuis combien de temps j'étais abstinent. Si j'exclus quelques gorgées de grands crus ou de cocktails sophistiqués du temps d'Alexandre, ça faisait un paquet d'années que j'avais pas avalé une goutte d'alcool. Rien. Mais là, je sentais déjà ma langue gonfler et ma salive devenir sucrée, comme au temps des virées avec le gros Jipé, où on savait qu'on allait descendre des litres de vodka aux frais du barbouze. Le type supervisait toutes sortes de trafics louches, et nous, sa jolie cour de mignons, on y trempait innocemment. De l'orteil d'abord, et très vite tout entiers, trop contents de se rincer dans le jus de sa fange organisée. Il nous payait des chaussures de cuir à bout pointu et raquait chaque fois qu'on passait aux pompes – à essence, à shit, à schnaps. Pompe à fric, planche à billets. Il payait tout. Même le coiffeur. Des fois, y en avait bien un qui devait passer à la casserole, mais on s'en foutait. Même pas mal. On était stone de toute façon. Comme j'ai dit aux gars de la télé, je croyais que j'aimais pas ça, mais maintenant que j'y pense, sucer sa bite me dégoûtait pas plus que d'enfiler une vieille chatte.

Dans mon samedi soir détraqué, je revoulais tout ça. Faire le beau, picoler, draguer, lever du gibier, mâle ou femelle. Puisque le masque s'était fissuré sans vraiment vouloir tomber, j'en mettrais un autre. Je remettrais celui d'avant.

La valise était toujours béante au pied du canapé. J'ai fouillé dans la couche de la vie d'avant. Spéléo. J'en ai sorti la chemise en lin taupe à col Mao, mon jean noir, moulant, dans lequel je rentrais encore, et la veste caramel en alpaga. Le costume de ma splendeur. Les godasses aussi étaient toujours nickel. J'ai pris tout ça sous le bras et je suis allé dans la salle de bains. J'ai secoué le fond de la bombe de mousse à raser, et j'ai entrepris un rasage soigné en prenant soin de bien mettre en valeur mes pattes. Très important les pattes. J'ai enfilé les habits qui sentaient un peu le renfermé, peigné mes cheveux en lissant bien la raie de côté, et me suis aspergé d'un reste d'Azzaro, retrouvé lui aussi au fond de la valise.

Et puis je me suis jeté dehors.

Les lumières de la place Saint-Pol venaient de s'allumer. Comme l'autre soir, les terrasses des deux cafés avaient enclenché les chauffages extérieurs au gaz. Leurs émanations floutaient les silhouettes des quelques clients, toujours les mêmes, ceux qui avaient rempli le Caddie avec Bobonne l'après-midi à l'Intermarché et qui s'enfilaient un godet après avoir tout bien rangé dans le congélo du garage. Ceux qui demain allaient fêter l'ouverture de la chasse. Ceux qu'ont jamais eu de masque. À part quand ils font le père Noël pour les gosses. Ceux qu'ont tué personne. À part une biche de temps en temps. Ceux qui ressemblent à mon père. Je l'avais revu l'après-midi dans le film, mon père. Putain, mais c'est pas possible d'être aussi con ! Il était déjà vieux il y a trente ans. Il répond aux mecs de la télé avec des *euh* et des *ben* sans réussir à aligner une phrase sensée. Ses petits yeux peureux s'affolent dans tous les sens, comme un rat pris au piège. Il est avachi dans le fauteuil, les jambes bien écartées, bedaine et couilles bien exposées, toutes trois bien flasques.

Je suis pas allé m'asseoir à ces terrasses. Je risquais de tomber sur un collègue, même s'il y avait peu de chances qu'il me reconnaisse dans mon déguisement de beau gosse. En dehors de celles pour le travail, j'ai pas de relations ici. Aucune habitude dans les bistrots ; pas de carte de fidélité, de carte de piscine, de carte électorale. Certainement pas de carte de bibliothèque. Personne me connaît ici. Y a que la fille de Ma vie en bio et la Francine de la cantine qui peuvent considérer que je suis un habitué.

J'ai poussé la porte du Casa Line's. C'est le troquet le plus chic, de l'autre côté de la place, qui fait un peu *lounge bar,* comme ils disent. Enfin… chic… Disons que c'est là que les Parisiens se regroupent. Le samedi soir, j'avais toutes les chances de passer totalement inaperçu, tellement ils sont concentrés sur la comparaison de leurs patrimoines fonciers, celle de leurs entrepreneurs cupides – maçons, couvreurs, plombiers, menuisiers – *le bois vient de Roumanie, c'est carrément avantageux* –, la recherche du meilleur architecte « spécialisé dans la restauration de demeures anciennes », la recherche du meilleur piston pour les études de leurs mômes, la recherche du meilleur notaire pour l'optimisation de leur fiscalité, ou encore l'échange de tuyaux pour la construction de leur piscine naturelle, avec grenouilles et bactéries, roches importées et plantes flottantes – *moi j'ai fait nénuphars-lentilles d'eau-calthas. Et toi?* Y en a même qui viennent aux serres pour demander conseil à Lelièvre, avec leur pantalon de velours côtelé et leur casquette de tweed. Lelièvre les balade, les fait trotter dans les allées en prenant un air affairé, la brouette à bout de bras, et puis il finit par les envoyer promener poliment.

J'ai avisé une place au bar. J'ai commandé un Martini extra-dry avec ma voix de pub pour Nespresso et mon œillade de 007. J'ai constaté que je savais encore faire, que j'avais pas perdu la main, alors que voilà des années que je suis sapé invariablement avec le même jogging informe, les yeux sur les orteils et la voix dans les chaussettes. Renaissance du phénix – ça, je me souviens du nom, encore une bestiole antique héritée du savant Alexandre.

Ces attardés n'avaient pas les verres appropriés et ignorent que l'extra-dry, c'est Martini + gin, mais la première gorgée a fait coulée de lave comme j'espérais. J'ai avalé cul sec et j'ai enchaîné un autre verre tout de suite. Je me suis un peu inquiété pour l'argent – six euros le *drink* quand même –, mais j'ai repensé aux bijoux de famille du noble Alexandre, et je me suis dit que le silence des guêpes grecques – *mais, putain, comment elles s'appellent?* – n'avait pas de prix. C'est au troisième verre que le bourdonnement a faibli et que j'ai commencé à regarder autour de moi avec mon œil de chasseur. En trente ans, le genre humain n'a guère changé; le manège de la séduction est toujours bien graissé; rien ne rouille: ni l'articulation à la hanche des femmes pour croiser haut les cuisses sur le tabouret de bar, ni celle à l'épaule des hommes pour rouler des mécaniques. Une mèche ingénument repoussée derrière l'oreille fait dresser un sexe dans un pantalon, une culotte mouille pour le récit vantard d'un exploit insignifiant. Les sourcils broussaillent, les voix s'huilent, les lèvres se lubrifient sous les coups de langue répétés, les peaux transpirent un suint lubrique; rien de nouveau sous le soleil. Les boissons peut-être ont changé. Nous, on était au whisky-Coca et à la Marie Brizard; aujourd'hui on dirait que la mode est à ce truc latino, où flotte un plant entier de menthe dans une mare de glace pilée. Les filles tètent les pailles en laissant mousser un peu de salive sur leurs babines carminées: y en avait une grappe attablée sous mes yeux, gloussantes et déjà bien allumées. À droite, un quatuor de petits mecs, des branleurs qui devaient bosser dans la banque, fringués trop voyant dans les tissus cheap des grandes surfaces de l'habillement, s'excitant en buvant des pintes aussi vite que les limonades qu'ils avalaient hier encore à la sortie du lycée. À gauche, un quatuor de vieux coqs au poivre et sel très travaillé, notables cossus dont les épouses en pleine réunion pour une ONG devaient se soûler entre elles dans la gentilhommière de l'un ou l'autre, avec du porto ou du vin blanc californien. Au bar à mes côtés trois figurants sans intérêt: un type plongé dans le journal, l'autre dans son Smartphone, le troisième dans son jus de tomate. Pas grand-chose à se mettre sous la dent. J'ai pris un quatrième Martini dry, le patron a baissé les lumières et augmenté le son, un classique pour faire monter l'ambiance, moi, je laissais monter l'ivresse. On commençait à basculer vers les heures nocturnes et la clientèle mutait imperceptiblement. Les vieux coqs étaient rentrés dans leurs domaines, les trois doublures de comptoir avaient cédé la place aux acteurs principaux, des prédateurs de premier cru devant des *pure malts*; les deux grappes de jeunes, mâles et femelles, avaient rapproché leurs tables et commandé des tapas, des machins qui se bouffent avec des cure-dents, qu'ils se refilaient dans la bouche les uns des autres en sortant des langues obscènes. Le café s'est rempli d'oiseaux de nuit, en version chic si j'en jugeais par les parfums. J'avais pas perdu le nez; le luxe a une odeur. La misère aussi d'ailleurs. Entre un Guerlain et un after-shave bon marché, entre les relents de Kronenbourg et les vapeurs de Zubrowka, entre des piécettes moites au fond d'un jean et des billets craquants dans un gros portefeuille, entre un slip de huit jours et du linge frais, j'ai appris à faire la différence. Quand je traînais avec les gosses de riches, dans le sillage du gros Jipé d'abord, avec Alexandre quand on a mené grand train après la sortie de taule ensuite, j'ai été bien éduqué question odorat. Ils disaient que c'était la base. Que si, l'argent avait une odeur.

J'ai commencé à me sentir bien de partout; des narines, des canines, de l'échine. Je suis descendu pisser, surtout pour faire une station devant le miroir des chiottes. Dans la glace je me suis souri: mon ravalement tenait la façade; les entailles que l'angoisse avait creusées dans mon visage depuis quarante-huit heures me donnaient cet air qui a toujours fait mon succès, celui du beau ténébreux; pas de double menton, pas de plis dans la nuque, la mâchoire bien cimentée, enchâssée entre les pattes. Je me suis reculé pour avoir une vue d'ensemble, face, profil: pas de brioche, pas de bourrelets aux fesses. Je remercierai jamais assez Alexandre de m'avoir inscrit à tous les ateliers sportifs de Beaulieu, et de s'être tellement investi dans le programme «amélioration de l'offre alimentaire en milieu pénitentiaire». Sans ça j'aurais été bouffi comme un sumo, avec les bajoues de mon père et le cul de ma mère.

Je suis remonté dans la salle, gonflé à bloc, et j'ai repris ma place au bar. Un des chacals chics avait déjà levé une gazelle, une minette plutôt jolie, mais qui tenait pas l'alcool, sans doute une étudiante parisienne venue passer le week-end chez papa-maman, échappée après le dessert pour fuir une conversation pitoyable, saturée par la haine que se vouait le couple exténué. La prise était bonne, idéale: soûle au bout de deux verres, légèrement dépressive, un poil effrontée, sensible aux hommes plus âgés, pas complètement sotte. En voilà un pour qui l'affaire était pliée. L'atmosphère s'érotisait et moi aussi. Je sentais une chaleur dans l'entrejambe, un truc oublié depuis que je suis arrivé ici. Pas de sexe, pas même de désir depuis six ans. J'ai jamais compris si c'étaient les médocs qu'on m'a prescrits longtemps, l'âge, la perte d'Alexandre ou la routine du boulot, mais ça fait des années que je bande plus. Et là ça se réveillait. J'avais envie de redescendre aux toilettes, cette fois pour me branler, mais je voulais faire durer le plaisir, continuer à mater. Les culs les nichons les nuques les décolletés les bouches les couilles moulées dans les braguettes. Je me serais fait n'importe quoi. À voile et à vapeur comme aurait dit le gros Jipé.

J'ai fait une première touche avec un des mecs classe qui buvait du Lagavulin. Il avait dû se pousser pour laisser un peu de place à de nouveaux arrivants, et dans le mouvement, il m'a heurté du coude pendant que j'avalais une rasade. Du Martini s'est renversé sur ma veste et mon pantalon, il s'est excusé et a intimé au serveur de remplacer mon verre, très gentleman. Jeune quadra, belle allure, nuage de vétiver, blouson de cuir sobre sur chemise blanche, mains fines, pas d'alliance. J'ai quand même eu un petit moment de panique, parce que j'ai réalisé qu'il allait falloir parler. J'avais pas pensé à ça. J'avais comme oublié que tous les projets de baise commencent par de la parlote, si insipide soit-elle. C'est le type qui a entamé la causerie, heureusement. Il a évoqué le succès du Casa Line's, disant en blaguant qu'ils devraient entreprendre des travaux et allonger le comptoir pour éviter ce genre d'accident. J'ai remercié pour le dédommagement. Il a dit: «De rien» en minaudant un peu. On a trinqué. Il m'a informé qu'il attendait un copain qui était en retard. Je me suis entendu demander: «Vous êtes de la région?» et il a répondu que oui, mais qu'il en était parti depuis longtemps, qu'il y revenait juste de temps en temps pour saluer des amis ou de la famille. «C'est pas un endroit où on reste, ici, si on veut faire quelque chose de sa vie! Vous savez ce qu'on dit, n'est-ce pas? Nogent-le-Grotrou...» dit-il en s'esclaffant. J'ai fait de même, on a de nouveau levé nos verres, il a dit *skol*, j'ai répondu *nasdrovié*, et on a ri encore une fois. Il a continué à parler en m'expliquant qu'il était dans le design, qu'il s'était installé sur Nantes après quelques années à Paris; le courant passait bien, je lui plaisais, ça se voyait, une nouvelle bousculade au comptoir avait encore rapproché nos tabourets. «Vous fumez? – Non. – Bon, pas grave, je la fumerai plus tard...» Il a rengainé son paquet de clopes, décidé à rester avec moi. J'écoutais mal, parce que, en même temps que j'envisageais avec lui une conclusion bien cochonne, je redoutais l'instant où il allait m'interroger: «Et vous, vous faites quoi?» et ça n'a pas loupé: «Et vous, vous faites quoi?» Panique. Mais une fois de plus, ma chance légendaire a rattrapé le coup: «Ah zut! Vous me raconterez une autre fois, voilà mon ami.» Sauvé! Un type le hélait depuis l'entrée. Ils ont pris une table au fond du bar. Ma conquête s'est arrangée pour me garder dans le viseur. Il me lançait des regards explicites, des coups d'œil qui devaient rendre dingue son compagnon. Ils ont quitté l'établissement assez rapidement. En partant le type m'a frôlé: «À bientôt.»

Je commençais à être bien soûl. Fallait pas que je reste seul sinon l'épouvante allait remonter. Entre mes tempes ça se remettait à bourdonner, entre mes jambes ça continuait à rôtir. J'étais chaud, je voulais un cul. Je me suis dit qu'il fallait que je change de crémerie, que c'était pas le bon endroit pour dégotter de quoi tirer un coup. Je pouvais marcher jusqu'aux Gauchetières et tenter de me taper un de ces petits Arabes qui crèchent dans la cité. Ils te vendent du shit et plus si affinités pour pas grand-chose. C'est Gilbert qui me l'a dit. Il habite là-bas depuis son divorce. *D'ailleurs, putain, c'est demain le gala de sa môme. Je lui ai promis d'y aller.* En même temps j'étais bien, là. J'avais pas envie de me refaire le feuilleton lamentable de la taule: la cellule inondée de rap, les frocs baissés pour un oui pour un non, la baise et la contrebaise pour un briquet, un timbre, un oreiller. Heureusement que j'avais les papis journaleux qui en imposaient et Alexandre qui m'avait placé en chasse gardée.

J'ai repris un Martini. L'alcool agissait toujours comme j'espérais. Je me sentais vaillant, sûr de moi, invulnérable. L'épisode raté avec le designer, c'était juste un entraînement. Pas grave. Dans les périodes où le gros Jipé devait se refaire en activant son business de maquereau pour gigolos, il était compréhensif si on foirait la première prise. «Si c'est pas celle-là, ce sera une autre», il disait. Il racolait comme un limier, fourguait à nos tables une deuxième fournée de divorcées dépressives, et souvent c'était moi qui emballais le premier après avoir discuté tarifs. Payer, être payé, ce soir ça n'avait pas d'importance.

Une femme s'est approchée du comptoir, une brune sans âge sortant de nulle part, la carte bleue à la main pour régler son addition. Elle avait l'air pompette, un peu larguée, fatiguée. Elle avait surtout l'air très seule. Le serveur était occupé à confectionner en série des machins verts compliqués; il brassait son moulin à piler la glace en faisant semblant de regarder ailleurs, grossièrement peu pressé de s'occuper d'elle. Elle était juste à quelques centimètres de moi. J'arrivais pas à savoir si sa patience relevait de l'anesthésie éthylique ou de l'attente d'un contact. J'ai décidé pour elle: «Apparemment, on veut pas vous permettre de vous en aller! C'est que vous devez rester encore un peu... Je vous offre un verre?» Elle m'a regardé, à peine surprise, elle a dit d'accord. J'ai fait le gentleman, je lui ai cédé ma place sur le tabouret. Elle s'est hissée dessus avec aisance en disant «Une vodka» et, comme par hasard, le garçon a entendu. Je l'ai dévisagée: pas de toute première fraîcheur mais un chien certain. Elle portait un petit spencer sur un chemisier à motifs fleuris, qui laissait voir autour du cou une alliance passée dans une fine chaîne d'or – celle de son divorce? celle de sa mère? –, ses cheveux étaient coupés court dans une légère ondulation un peu figée, comme ceux d'une perruque, son maintien engageant, mais sans ostentation. On a trinqué et c'est elle qui a dit: «Vous êtes de la région?» Et là, d'un coup, je me suis senti comme il y a trente ans, comme il y a mille ans, comme quand j'ai décidé que mon père et ma mère étaient pas mon père et ma mère, et que je m'en inventerais d'autres, parce que les miens étaient vraiment trop cons, trop minables. «Tendance mythomane», avaient dit les experts psychiatriques. C'est reparti au quart de tour. Chaque gorgée de Martini renouvelait l'inspiration. De l'impro trois étoiles. Ça coulait tout seul. J'avais vingt-cinq ans et le monde était à mes pieds. La femme était suspendue à mes lèvres, avec le sourire d'une Joconde qui siroterait une vodka. J'ai raconté que j'étais ce soir-là en mission à Nogent, que j'étais expert du jury pour le label «Villes Fleuries», spécialiste en architecture urbaine, que j'étais en déplacement pour le comité national, qui m'envoyait de ville en ville, de port en port, aujourd'hui le Perche, demain la Bretagne, que mon métier comportait de lourdes responsabilités, parce que le système de subventionnement était très pointu et qu'on n'attribuait pas l'argent public n'importe comment. Encore que certains maires étaient corrompus et nous graissaient la patte sans scrupule. Et puis mon scénario préféré est remonté, celui d'il y a trente ans, d'il y a mille ans, quand j'impressionnais la galerie avec mon père diplomate, ancien amiral au long cours, décédé à Singapour il y a peu; avec mon éducation sur tous les continents, qui m'avait donné pour toujours le goût des voyages. «Et même si actuellement je ne fais que sillonner la France, c'est quand même un dépaysement de circuler du nord au sud, d'est en ouest, d'identifier le pittoresque d'un paysage, le folklore d'un patois, de changer de climat, de dormir à l'hôtel...» Elle a coupé les ailes de mon magnifique élan fictionnel: «Et ici, à Nogent, vous êtes à quel hôtel?» Sa voix était avinée mais sensuelle. J'ai dû avoir un blanc, un rot, une panne, un hoquet. J'ai indiqué évasivement un angle de la place Saint-Pol dans un borborygme cafouilleux, sans même vraiment me rappeler s'il y avait un hôtel dans les parages. Elle a dit: «Vous fumez?» en extirpant des Menthol de son sac. J'ai dit oui et on a emporté nos verres dehors. La femme a sorti une cigarette de son paquet et en a tendu une autre à mon intention. En me penchant vers la flamme de son briquet, j'ai reconnu une odeur malsaine, celle du désir quand il est fétide, de l'attraction quand elle est dangereuse. J'ai toussé. On a fumé en silence. Moi je piétinais sur place en grelottant pour lutter contre le froid, mais elle ne bougeait pas du tout, se contentant de serrer contre elle les pans de sa petite veste, et de porter régulièrement la cigarette à ses lèvres avec un geste élégant, très calme. Elle avait un drôle d'air. Et puis tout à coup elle a proféré: «Je ne crois pas un mot de tout ce que vous me racontez!» Le Martini a roulé dans mes entrailles, soudain j'étais bourré, ivre mort. J'ai voulu rétorquer quelque chose, mais plus aucun son ne sortait de ma bouche. Elle a enchaîné: «On finit quand même la nuit ensemble?» J'ai titubé comme un pochard. Le col Mao m'étouffait, mon sexe brûlait et congelait en même temps, superflu, hostile. Et subitement, elle s'est mise à rire. À rire comme une démente. Un rire écarlate, un rire de spectre, de diable, de hyène. Je le connais ce rire. J'ai tué pour le faire taire. Ses hoquets déchiraient la nuit, s'enfonçaient dans ma tête, en chœur avec les mouches grecques qui n'attendaient que ça. La femme se renversait en arrière et moi j'étais plié en avant pour dégueuler mes Martini. Pour dégueuler ma honte. Tout en moi s'est déchiré, fracturé. Minuit avait sonné à mon cadran de Cendrillon éternelle. Je suis redevenu une citrouille faisandée, abandonnée des fées de la télé, des queutards de la taule et de mon père amiral. Je me vidais comme l'autre femme s'est vidée de son sang. J'ai cru voir de la neige tomber. Je me suis enfui. J'ai zigzagué jusque chez moi. Je me rappelle plus si je geignais, si je hurlais, si je sanglotais; ou si j'étais silencieux, et que seuls les rebonds de mon corps possédé et chancelant contre les murs résonnaient dans la nuit. Je ne sais pas comment j'ai retrouvé la rue, l'immeuble, l'étage. Je voulais un lit comme le ventre de ma mère, je voulais dormir comme au coma des origines. Exactement comme après le crime. Sauf que le lendemain, il y aurait pas d'inspecteurs de police à mon chevet, mais un dimanche comme les autres à Nogent-le-Grotrou.

Quand la police et la presse ont révélé le nom de l'auteur du crime, à la suite d'un aveu spontané obtenu dès la première interpellation le dimanche à son domicile où il dormait depuis vingt-quatre heures, les guerriers de l'ordre moral ont stigmatisé la dérive d'une jeunesse sans valeurs et sans repères, les sociologues ont cherché des excuses, les fanatiques en ont appelé au rétablissement de la peine de mort, les autres dévoraient le journal et s'empiffraient des détails, améliorant l'ordinaire des chats écrasés et des résultats sportifs. Disséqué, analysé, étudié, démultiplié, surreprésenté, l'assassin colonisait sans relâche les bouches et les esprits.

Pas les miens. Moi, rien. Rien qu'une formidable ataraxie, une cryogénisation instantanée de toutes mes sensations. Avec ce type j'avais marché dans la ville en lui apprenant des mots compliqués, et soudain, il a cessé d'exister.

Fini. Terminé.

Tout son être s'est évaporé dans l'instant de son geste. Le dernier souffle rendu par la morte l'a soustrait à la communauté des humains. Il ne comptait plus. Il était réduit à néant.

Disparu. Effacé.

Il était désormais le Meurtrier, une figure de tarot, une allégorie modélisée, peut-être un personnage pour un roman que j'écrirais plus tard, où je lui inventerais un dimanche matin, à Nogent-le-Rotrou par exemple. Ce n'est pas un homme qui chutait, mais le sens du monde tout entier.

Quelque chose alors m'éblouit, qui commandait une entrée en haute vie, comme on dit en haute mer, avec le large qui s'offre, infini et contenant tout ; avec l'écriture, comme boussole et comme bouée, pour me maintenir sur la houle immense.

Dimanche

C'est dimanche. C'est le gala de danse de Jennyfer.

Je me suis réveillé dans ma panoplie maculée de vomi et une intranquillité sans remède. La gueule de bois avait le mérite de caramboler dans ma tête tous les froissements de taule de la nuit, sans distinction: l'écho du rire de la femme, le bourdonnement de ce petit con d'Oreste, le marteau-piqueur de l'excès d'alcool. Comme dans une casse où on compile les épaves en bloc de ferraille compacte. Comme dans une forge démoniaque qui moulerait la herse où j'allais m'empaler vivant.

Comment j'avais pu ne pas deviner que la brune était une réincarnation de la femme que j'ai tuée? Cette odeur de fantôme, cette détresse nonchalante, cette impression de perruque, ce sex-appeal hors d'âge, cette écoute vague et incrédule... Je m'étais fait avoir comme un bleu.

Et puis j'étais parti sans payer... Les revenantes ont-elles une carte bleue valide? La femme avait-elle soldé le compte de ma beuverie, de ma honte? Avait-elle prévenu la police? Me reconnaîtra-t-on dans la ville comme le voleur, quand demain j'y circulerai dépouillé du col Mao dans mes guenilles de jardinier municipal? À tous j'avais dit que j'étais de passage; à personne j'avais dit de nom. Mais est-ce que cela suffisait à me garantir le repos? Trente ans que je vis bien ceinturé dans un sarcophage d'impunité, malgré la condamnation, malgré la prison, ces petites contrariétés; et ça se mettait à péter de partout. Trente ans que je paye en fausse monnaie, fourguée par la planche à billets de tous les faux-monnayeurs qui ont croisé mon chemin. J'ai fait le cobaye de leurs programmes de réinsertion, le poisson-pilote des expériences de télé-réalité, la tête de gondole de leur vitrine humaniste. C'est en prison que j'ai eu l'amour et un diplôme, un statut de vedette et une gomme pour ma dette. Supertrader à la bourse du rachat. Et tout ça déconne maintenant, du toc, depuis que chignon roux et menton pointu s'est pointée dans ma télé, depuis que *L'Écho du Perche* m'a dit qu'elle venait mardi. Je vois bien qu'il y a quelque chose qui cloche.

C'est dimanche. C'est le gala de danse de Jennyfer. Gilbert doit passer me prendre à 14h30. Merde, l'heure d'hiver! Quelle heure il est? Gilbert, je l'aime bien. Lui aussi, il paye cher sa petite loterie. À cause de son pari sur l'alcool, il a tout perdu. Sa femme, sa baraque, sa respectabilité. Heureusement que Lelièvre est un chic type, qui l'a pas fait couler quand il avait déjà la tête sous l'eau, sous le pastis. Il vit maintenant dans cette cité, les Gauchetières, au nord de Nogent, quartiers nord donc, génériques de la misère. *Misères*... C'est aussi comme ça qu'on appelle les plantes qui ruissellent vers le bas, qui dégoulinent en fines lianes délicates, d'un vert argenté et durable, offrant un rideau végétal très recherché dans les intérieurs des gens de goût, vérandas, parois de frigidaire américain, étagères à bibelots coûteux. Il n'y a pas de misères dans les logis pauvres. Dans le meilleur des cas, un ficus ou un caoutchouc, grimpant, envahissant, jaunissant, aussi increvable que la disgrâce.

Depuis que son ex a retrouvé un jules, Gilbert est paumé avec la garde alternée; alors il me demande parfois de l'accompagner quand Jennyfer se produit sur scène avec ses trucs de danse, ou quand il faut l'emmener au cinéma. Je le fais pour l'aider, mais aussi pour satisfaire mes inspecteurs institutionnels, qui ont les yeux rivés sur le curseur «resocialisation» dans leurs diagrammes pour le ministère de la Justice. À Gilbert, ça permet surtout de ne pas ressembler à ce qu'il est: un type affreusement seul, avec un foie comme une pleine lune.

J'ai réussi à m'activer, j'ai bourré dans un sac-poubelle les oripeaux puants de mon simulacre, l'alpaga, le lin, le jean, et je suis descendu en caleçon le déposer dans le container en bas de l'immeuble. Je suis remonté en frissonnant pour me jeter sous la douche. J'aurais voulu un grand lavoir, un gommage à la pierre ponce, au granit brut. Ma peau hurlait sous le savon, je la frottais comme la femme de Barbe-Bleue la clé du cabinet interdit. Les auréoles carmin du Martini tragique étaient tatouées sur mon corps, taches de vin, de naissance, naissance d'un assassin, ineffaçable sang bouillonnant vermillon hors de l'artère sectionnée, puis croûtant couleur brique, si vite, sur l'Opinel et mes poignets. J'étais trop lâche pour mourir (gaz, fenêtre); je sentais confusément que la parole donnée à Gilbert et à sa fille allait couvrir le boucan de l'insupportable éruption de réel. J'étais en train d'exploser dans le volcan réveillé; si je voulais survivre à la lave il fallait que j'arrête de tricher, en un mot de faire la pute. J'étais un médaillé de la putasserie, et je regardais fondre mes décorations dans le cratère de la vérité. Dans la bonde de la douche, donc.

J'ai enfilé mes fringues de tous les jours, et j'ai entrepris de faire le ménage comme on nettoie une scène de crime. Le DVD traînait sur la télé, le bouquin de la fille sur la table basse; j'ai tout balancé dans la valise qui béait toujours au milieu de la pièce et je l'ai fourrée sous le canapé. J'ai ouvert les rideaux, les fenêtres aussi. Le jour semblait aussi dévitalisé que moi, incertain de sa saison, de son mouvement, de sa victoire sur la nuit.

À l'heure dite, j'étais prêt. J'ai entendu le klaxon de la fourgonnette. Gilbert a négocié avec Lelièvre, décidément compréhensif, de pouvoir garder l'utilitaire le week-end. Il a dû laisser la Clio à sa femme après le divorce. Il espérait économiser pour se racheter une voiture, mais tout passe dans la pension alimentaire. Il a jeté son mégot par la fenêtre comme je m'installais à ses côtés, on s'est salués sans effusion. Il avait l'air aussi décavé que moi. «Sale nuit? – Sale nuit, oui.» On a roulé en silence. C'était difficile de savoir si l'odeur de moisi venait de la campagne ou de l'arrière de la camionnette, où traînent toujours quelques bulbes mal germés, un sac de terreau rance ou des plants gâtés. L'automne s'installait d'un coup, sans le flamboiement des cartes postales et des poètes. Juste une pitié de feuilles mortes, grises ou marronnasses, branlantes à quelques branches crucifiées. Les mêmes qui vont passer sous la souffleuse quand elles auront fini de bêtement s'accrocher, déjà tellement décomposées que leur humidité pourrie détraquera la machine.

Le gala de la gamine avait lieu dans un bled à neuf kilomètres de Nogent; une salle polyvalente qui accueille plus fréquemment le repas des chasseurs ou le loto des seniors, à en juger par les affichettes collées sur les portes vitrées. Une petite foule se pressait déjà. Gilbert et moi restions collés l'un à l'autre comme un naufragé à son rondin, tous les deux étrangement oppressés, comme si le délabrement de nos vies se lisait sur nos visages, comme si l'odeur de défaite qui émanait de nos parkas défraîchies dressait un cordon sanitaire autour de nous. Tout le monde souriait et se congratulait, certains venaient pour la deuxième fois, puisque le spectacle s'était déjà donné la veille au soir. Les récidivistes avaient dû y croiser l'ex de Gilbert avec son nouveau gars, sans doute resplendissante dans des habits neufs pour afficher sa revanche, et je sentais Gilbert vouloir rentrer sous terre pour se soustraire aux commentaires bruissant à voix basse. Lui aussi devait avoir une nuée de coléoptères à ses trousses; pourtant il avait tué personne...

On s'est installés dans le fond comme deux parias et la représentation a commencé. Les seules fois de ma vie où j'ai vu des spectacles, c'était en taule. Les premières années c'était vraiment une fête, un truc rarissime. On était tous volontaires pour aménager le réfectoire, pousser les tables et les chaises, accrocher aux fenêtres de vieilles couvertures pour faire un semblant d'obscurité. Et puis au milieu des années 90 c'est devenu monnaie courante, un truc banal. Toutes les semaines un nouveau pack culturel bien démago: sessions de rap, de slam; impromptus théâtraux, sur le racisme, les ravages de la drogue, l'injustice sociale et autres calamités du monde moderne. Plus personne y allait, blasés on était... À la fin, c'étaient presque les concerts de musique classique qui finissaient par avoir le plus de succès. Moi, en bon fayot, j'assistais à tout, ça faisait des points, je me faisais bien voir, je multipliais les distinctions sur mon costume de bagnard. Converties en années de remise de peine, ça faisait un beau pactole.

Y a eu d'abord les tout-petits qui ont présenté un truc gnangnan à la sauce écolo, une histoire de graines qui poussaient tels des monstres, à cause d'un insecticide qui les faisait muter – chaque bambin comme un dragon répugnant. Et puis est venu le tour des ados, le groupe où dansait Jennyfer. J'ai senti le cœur de Gilbert cogner à côté de moi à travers sa cage thoracique. Sa gamine était au premier rang, on pourrait même dire qu'elle avait une sorte de rôle principal. Elle s'agitait sur une musique électro, on lui avait collé une tenue sexy comme celle des starlettes dans les clips de MTV, la sono était trop forte et le mec des lumières s'était lâché sur les spots de night-club, ceux qui tournent avec variateur de couleurs. «Modern jazz», disait le prospectus. L'assemblée battait des pieds et des mains. Je sentais Gilbert désemparé, à la fois écœuré par l'exhibition de la chair de sa chair dénudée et gigotante, et impressionné par l'enthousiasme collectif que soulevait la performance. Timidement sa paume s'est mise à frapper sa cuisse en mesure, et après un finale de show à l'américaine, il a bondi de sa chaise en chœur avec tout le monde pour applaudir à s'en rompre les phalanges, ému aux larmes, transporté de joie. Je me suis levé à mon tour et j'ai battu des mains mécaniquement. J'étais retourné aussi. Je comprenais pas pourquoi, comme une impression de déjà-vu. Jusqu'à ce que je raccorde: dans le bouquin, la fille raconte le dernier concert de la sienne avant qu'elle meure – elle prenait des cours de chant, et sa prof organisait aussi des galas pour ses élèves. Dans le chapitre, elle décrit exactement ce que Gilbert semblait éprouver à deux centimètres de moi: l'éblouissement filial qui rend aveugle, la fierté et l'émotion, l'exaltation hors de mesure, l'absolue béatitude face à une progéniture forcément géniale. J'avais lu ça vingt-quatre heures avant: les attributs d'une félicité infalsifiable. C'est comme si on venait de m'expliquer l'humanité tout entière, et pourquoi j'en fais pas partie.

On a attendu Jennyfer à l'écart des autres parents. Je savais pas quoi dire pendant que Gilbert se roulait clope sur clope au fond du parking, perché sur un nuage de fumée tout autant que sur celui où l'avait laissé la prestation de sa gamine. La môme nous a rejoints: «Bravo, ma puce, c'était épatant, vraiment. Tu reconnais mon collègue? Il est déjà venu te voir et tu l'as croisé un mercredi aux serres...» La gamine m'a tendu la main poliment. Elle ressemblait à n'importe quelle ado banale, pas de piercing, pas de collant troué ni de cheveux bleus. Le front criblé d'acné, l'air bougon, le regard incertain. Difficile d'imaginer que, quelques minutes plus tôt, elle se déhanchait comme une call-girl.

J'ai eu de nouveau une sorte de frisson spatio-temporel, comme dans ces truquages de films de science-fiction, où on voit se reconstituer la mémoire du héros par une succession d'images superposées sur l'écran de son cerveau. Jennyfer avait l'âge de la fille morte du bouquin, et celui de sa mère à l'époque où j'ai tué la sienne.

«Eh mec! Ça va pas?» J'avais dû devenir tout pâle ou chanceler anormalement. Gilbert m'a bourré les côtes – c'est son geste de rugbyman pour réconforter les copains, puis s'est adressé à sa «puce»: «Bon, j'ai pas trop envie de rester au pot avec tous ces crétins du dimanche. Tu viens à la maison prendre un thé? Je te ramènerai chez ta mère avant le dîner.» Il m'a proposé de les accompagner, je sais pas pourquoi j'ai dit oui. Un mot m'a traversé l'esprit: «chaleur humaine».

Au retour je m'étais assis à l'arrière. Le passage à l'heure d'hiver plongeait déjà la campagne dans ce sinistre chien et loup, que j'ai vu filer le cafard même aux gros bras de la prison, postés tout mélancoliques derrière les barreaux. Père et fille à l'avant essayaient d'échanger quelques mots qui ressembleraient à une conversation, mais ça semblait hésitant, laborieux, comme si un mot de travers de part ou d'autre pouvait faire exploser la camionnette. Aux abords des Gauchetières on est passés devant la mosquée toute neuve et son «Jardin d'Orient». Gilbert s'est tourné vers moi, avec un grand sourire: «Tu vois, mec, j'aurais jamais cru qu'on réussisse à faire pousser des oliviers dans le coin! – Ouais mais, papa, si c'était pas ce que ton chef t'a ordonné de faire pour cette foutue mosquée, t'aurais jamais eu l'idée de faire pousser des oliviers ici!» Gilbert a pas donné suite à la remarque, se contentant de hausser les épaules. Il se foutait complètement de toutes ces histoires de culte, de laïcité, de vivre-ensemble, etc. Tout ce qui l'avait intéressé dans ce projet de «Jardin d'Orient» initié par la mairie, c'était le pari d'introduire dans le Perche des espèces méditerranéennes.

On s'est garés devant son immeuble, que je reconnais maintenant, parce qu'ils ont repeint les façades avec des bandes géométriques de couleurs différentes, genre vanille-fraise ou pistache-chocolat. C'est pas du meilleur effet esthétique, mais au moins on tourne plus en rond à déchiffrer les noms de tous les interphones. Des femmes voilées faisaient rentrer leurs gosses, des prénoms arabes fusaient dans le couchant. Jennyfer s'emporta de nouveau: «Mais c'est vrai, quoi! C'est le ghetto ici! On entend pas un mot de français! Même la bibliothèque, elle a arrêté son bibliobus du mercredi tellement y avait pas de clients! Pis toutes ces paraboles, c'est trop moche.» Gilbert m'a lancé un regard navré. Le nouveau mec de son ex fait état à qui veut l'entendre de ses convictions d'extrême droite, et savoir sa fille sous son influence le désole. Moi je m'en fous, je me suis jamais intéressé à tout ça; tout ce que je sais, c'est qu'en taule, les Arabes, c'étaient pas forcément les pires.

On s'est installés dans sa petite cuisine du troisième étage, Gilbert a branché la bouilloire et s'est mis à ouvrir tous les placards à la recherche d'un sachet de thé. «Allez, sors-nous plutôt une bière, papa. Je sais bien que tu bois pas que de la tisane et de la Buckler!» Elle était marrante la gamine, à boire au goulot la canette que son père avait sortie du frigo, tel un gosse pris en flag d'un gros mensonge. Ils avaient du mal à se parler, ça patinait dans les banalités et les monosyllabes, mais on sentait qu'ils s'aimaient, ces deux-là. Leurs silences crémeux me faisaient du douillet, une ouate à capitonner les parois de ma nouvelle cellule de trois jours, celle où je m'étais enfermé tout seul.

Je me suis accoudé au rebord de la fenêtre. La nuit était complètement tombée et les lumières s'allumaient une à une dans les cuisines et les salons. On voyait des dos penchés sur des gazinières, des gosses sauter en pyjama sur des canapés, le carré de la lucarne des chiottes s'allumer et s'éteindre, s'allumer et s'éteindre, les bruits de chasse d'eau se confondant avec la rumeur du journal télé. Toute l'espèce humaine semblait réconciliée dans les rites du dimanche soir – cartables à préparer, shampoing antipoux, coup de fil aux beaux-parents, bolognaise maison. Je me sentais léché par la langue d'un gros chien très poilu qui, à l'appel de son nom, aurait cessé de me montrer les crocs pour me faire des mamours. Des filets de bave anthropologique me tissaient un cocon à rebours. Je voulais redevenir chenille, larve, rien. En refermant la fenêtre j'étais à deux doigts de pleurer. Ça doit être ce qui arrive quand on comprend qu'on s'est jamais intéressé à autre chose qu'à soi-même, et que c'est à cause de ça qu'on a foiré sa vie.

«Bon, je vous ramène? Tu dois être crevée, ma grande, après un week-end pareil!» Elle ressemblait à un gros bébé ensommeillé, qu'un songe de guêpière sexy et d'ovations enflammées aurait fait grandir trop vite. Elle a enfilé son blouson comme si c'était une chemise de nuit, et on est descendus sur le parking. J'ai dit à Gilbert que je préférais rentrer à pied malgré la distance, au prétexte que j'avais pas fait mon sport la veille. «Comme tu veux alors. À demain. Je sais pas encore si on a stade ou chrysanthèmes. Rendez-vous à 8 heures devant la mairie.»

Dans les rues pour redescendre au centre-ville, j'ai croisé qu'un chien errant qui marchait en crabe et qui m'a ni mordu ni léché. Seul le froid mordait et léchait. La mince couverture de chaleur humaine avait déjà perdu ses mailles et dans les trous s'engouffrait un blizzard au couteau, pas même assez glacial pour congeler les mouches, fatale escorte. J'ai fait un détour pour éviter de passer devant la librairie où le portrait de la fille, même de nuit, m'aurait pétrifié.

En taule j'avais jamais pensé à l'évasion, alors que tous mes codétenus perfusés aux clichés de cinéma rêvaient tunnels creusés à la fourchette et barreaux sciés à la lime à ongles. Mais là, moi l'homme redevenu libre, moi le citoyen sans histoires de Nogent-le-Rotrou, je voulais des fourchettes et des limes à ongles, je voulais un plan pour m'évader, je voulais fuir. Je devinais aussi qu'aucune place au monde ne serait jamais plus autre chose qu'une cellule, que l'essaim collé à mes oreilles était la cellule. Piégé. Enfermé dehors.

Il me restait une barquette de lasagnes ricotta-épinards. Devant le micro-ondes, je suis resté planté face aux diodes du décompte de la minuterie pendant l'éternité d'une damnation. Quand le son du 00.00 m'a sauté à la gueule, j'ai sursauté comme à celui d'une détonation. Est-ce que le fusillé entend la balle quitter le canon avant de la sentir pénétrer sa chair? À la télé, c'était un programme interactif de retrouvailles familiales entre «perdus de vue». Des gens qu'on croyait morts réapparaissaient tout bronzés, des chiens à gueule humaine se reniflaient l'entrejambe en pleurant d'émotion, des Polaroïds jaunis se réincarnaient blanchis et ridés devant la caméra. Spectres et mouches et chiens. Je me suis endormi dans le canapé, nauséeux et flatulent, Oreste brandissant une tapette, et un panneau «Centrale de détention» planté à l'entrée des serres municipales.

Tussilages
Pervenches
Giroflées
Marguerites
Verveine
Myosotis
Armoise
Seringa
Mufliers
Centaurées
Lierre
Pâquerettes
Asters
Passiflores
Chèvrefeuille
Clématites

Lundi matin

Le lundi matin, la première pensée qui s'est frayé un chemin dans mon cerveau c'est: *demain 19 heures*. La fille serait dans la ville, elle baladerait ses yeux verts sur mes massifs bégonias-géraniums, elle marcherait dans les feuilles mortes que je ratisserai en fin de semaine, elle lèverait son menton pointu vers le grand ciel d'ici, où elle doit chercher comme partout un signe de ses envolées. Au procès, pas une seule fois je l'ai regardée; mais on m'a dit qu'à l'annonce du verdict, elle a pas cillé, rien, pas le moindre frémissement, une statue, comme si elle était pas là. Et demain elle sera là. Est-ce qu'elle sait que j'y suis aussi? C'est impossible. Les services de suivi judiciaire garantissent l'effacement, pour le retour au civil, de toute la traçabilité pénitentiaire et postpénitentiaire; ma demande de modification de prénom à l'état civil a été acceptée, donc, objectivement, aucun danger. Ce sont des mesures qu'ils prennent dans les cas de libération anticipée après moins de vingt ans d'emprisonnement pour les condamnés à perpétuité. Pour les protéger de la vengeance des familles. La justice est bien faite.

J'ai avalé mon thé pendant que les sales punaises grecques remettaient la sono à fond. J'ai réussi à déglutir un yaourt soja-banane, et puis Caterpillar, parka, bonnet. Les poubelles étaient sur le trottoir et attendaient les éboueurs. J'ai pensé à mon déguisement de Casanova égaré parmi les épluchures et les asticots, perdu pour toujours. Je me suis dit que j'aurais dû balancer aux ordures le contenu de la valise tout entière, voir toutes mes vies s'embarquer pêle-mêle à bord des camions des collègues, et rouler lentement de par la ville, pitoyables funérailles en convoi puant vers la décharge. J'ai aussi pensé à aller à la gare et sauter dans le premier train, mais j'ai jamais été un aventurier. Le soir du crime j'ai conduit sans permis l'Autobianchi jusqu'à Paris, j'ai fait la fête aux Bains-Douches, et je suis rentré au petit matin dormir peinard chez mes parents.

Alors à 8 heures pétantes j'étais devant la mairie. Gilbert faisait une sale tête en me montrant la feuille de service: on était de tonte au stade Saint-Jean. Encore une punition. Ça voulait dire la journée entière le cul rivé sur la tracto-tondeuse, à brouter des idées noires pendant d'interminables longueurs de pelouse. Faut juste être concentré pour le demi-tour, bien replacer la machine dans l'axe; mais sinon, c'est l'ennui assuré, et pas moyen de se distraire avec les blagues de Gilbert, qui officie à plus de cent mètres: on fait chacun la moitié du stade dans la largeur, en commençant par les buts. On est censés converger au centre du terrain à la fin de la journée, chacun sur notre petit char vert, poussif, encore plus lent depuis qu'ils nous ont fourgué des véhicules électriques. Des fois, on fait les cons au point de jonction, beuglant *La Marseillaise* à pleins poumons, comme on a vu faire à la télé au début des matches internationaux, debout sur le siège de nos tracto-tondeuses et le poing brandi, seuls sur la terre verte comme une orange, réduite à un stade de foot tondu menu, où il ne resterait plus que des Playmobil.

Gilbert a vu tout de suite que ça m'enchantait pas non plus. J'avais envie de faire un truc compliqué, quelque chose qui me prenne la tête, qui demande de l'attention et du soin, comme le repiquage des lobélies par exemple, quand on paye l'erreur tout de suite, vu qu'il suffit d'un coup d'ongle dans la chair de leurs pétales pour que leur bleu pervenche tourne au gris lichen. Et ensuite, elles crèvent.

La fourgonnette nous a conduits aux entrepôts derrière le stade où sont garées les tracto-tondeuses. On a vérifié la charge des batteries, enfilé nos gants et une polaire sous nos parkas, tiré à pile ou face pour savoir de quelle tribune partait chacun, et enfourché nos destriers écologiques. «Bon ben, à tout à l'heure.» J'ai enfoncé mon bonnet, j'ai roulé à deux à l'heure vers l'angle de la tribune nord, et j'ai commencé mes longueurs, quatre-vingts mètres dans un sens, quatre-vingts mètres dans l'autre. D'habitude je pense à rien, au pire à ma barquette du soir ou au programme télé, mais là, ça s'est mis à danser devant mes yeux, comme si on m'avait greffé un écran sur la rétine et que les images s'imposent sans que je puisse zapper. Je secouais la tête, je fermais les yeux très fort, je clignais cent fois par seconde, rien à faire: le film ne se décrochait pas de mes paupières, avec en gros plan, toujours, la fille du bouquin quand elle avait seize, dix-sept ans.

Les yeux verts et le visage pointu, je les avais rencontrés à l'époque où je traînais devant les grilles du lycée à la sortie des cours. Je regardais ce qu'il y avait à se mettre sous la dent, des pionnes à queue-de-cheval, des jeunes profs sexy, plus rarement des lycéennes – j'avais besoin d'un peu de chair fraîche, après toutes celles frelatées et corrompues que j'étais obligé de me taper à cause des magouilles du gros Jipé. J'étais sapé comme Mel Gibson dans *Mad Max* : blouson de cuir court et bien cintré sur un tee-shirt blanc, jean moulant, pompes pointues, croco, cadeau d'une vieille que je baisais pour de la thune. Je m'étais laissé pousser la barbe, ça me durcissait, ça me virilisait, je passais mon temps à mater mon reflet dans les vitrines des magasins, et je trouvais que ça avait de la gueule. La fille pointue aussi elle avait de la gueule. On voyait tout de suite qu'elle était pas comme les autres, pas comme ses copines boutonneuses, avec des jeans serrés qui leur boudinaient les cuisses et des sweat-shirts Fruit of the Loom trois tailles trop grands, ce type de minettes qui rougissaient jusqu'aux oreilles rien qu'à se laisser toucher du regard. Elle, elle se foutait de la mode, elle était invariablement habillée en noir, avec des trucs un peu baroques, genre un boa en plumes ou un immense fume-cigarette. Elle était toute menue et marchait vite, toujours. On la voyait de loin quand elle descendait la grande allée du lycée qui va des bâtiments jusqu'au portail, souvent seule et avec un air préoccupé. Elle ne baissait jamais les yeux quand je la regardais avec insistance, adossé aux grilles dans ma pose de play-boy. Elle commençait à m'intéresser, la gamine, je sais pas trop pourquoi, elle avait un truc à part, j'avais envie de parler avec elle, parce que j'étais sûr qu'il y aurait zéro baise zéro fric; je devais avoir besoin de vacances, des fantasmes de pureté.

Un jour je l'ai abordée: «Tu vas par où? On fait un bout de chemin ensemble?», et elle, pas farouche, pas surprise: «Je vais par là.» On s'est vus quelquefois comme ça. Je venais la chercher au lycée et on marchait dans les rues. Elle faisait un tas de trucs, la nana, elle passait son temps à trotter dans la ville entre le lycée, le gymnase, le conservatoire, le théâtre. Elle prenait jamais le bus, elle traçait sur ses petites jambes, télécommandée par son emploi du temps d'ado surbookée. J'ai compris assez vite qu'elle savait parfaitement qui j'étais, que je faisais partie de la bande du gros Jipé, que j'étais le type pas recommandable par excellence... Elle était incroyablement curieuse, indiscrète même. Elle voulait savoir si tout ce qu'on disait sur moi était vrai, que le gros Jipé organisait des partouzes, que je prenais de la drogue, que je couchais avec des femmes plus âgées pour de l'argent – c'est elle qui m'a appris le mot «vénal»; c'est drôle, ça m'a marqué. Elle aussi elle parlait, de ses profs, de ses parents qui allaient se séparer parce que le père avait une maîtresse, de son examen de solfège, de bouquins surtout. Elle parlait tout le temps de ses notes en français, des livres que lui donnait sa prof en dehors du programme. Ça m'étonne pas qu'elle en écrive maintenant.

Moi j'aimais bien, ça me rafraîchissait, je commençais à vraiment déconner, la fête, le fric, la dope, la baise: une nuit sur deux c'était l'orgie, on s'en mettait par tous les trous. Quand j'y repense, je me demande comment on est pas tous morts du sida. Et la fille, elle me calmait; entendre parler d'autre chose que d'oseille et de cul, ça me calmait; faire toujours les mêmes trajets à pied, en marchant vite, ça me calmait; comme en taule au début, la promenade, ça me calmait.

Et puis après elle a eu son bac, elle est partie faire des études; moi j'ai continué à m'enfoncer, j'ai pas trop su ce qu'elle était devenue, jusqu'à ce que je la recroise le samedi soir dans des bars du centre-ville, quand elle rentrait le week-end. Elle y venait avec sa mère, une belle femme avec l'air de quelqu'un que la vie a foutu en l'air. Une belle femme que j'ai foutue en l'air.

J'avais presque fini par oublier tout ça, et c'est tout ça qui revenait, qui revenait méchamment, implacablement, pendant que mon tracteur de Lilliputien se purgeait en avalant des kilotonnes de pelouse. J'avais cru me purger aux bonnes paroles des journaleux samaritains, me racheter avec mes bonnes notes du SPIP[1], m'assainir en bouffant bio et végétarien, me désinfecter au contact d'Alexandre le Magnifique et des sèves pures de mes fleurs de serre. Mais ça marchait plus. Ça puait le bluff. Quelque chose clochait. C'est ça que la bande de mouches voulait me dire? Mais comment il a fait, l'Oreste, dans l'histoire d'il y a trois mille ans, pour se débarrasser de ce bordel?

Je continuais à secouer la tête, à fermer les yeux très fort, à cligner cent fois par seconde, pour chasser ces pensées-cancrelats et la bande-son démoniaque de leur film de

1. Service pénitentiaire d'insertion et de probation.

merde. De temps en temps je tournais la tête vers Gilbert, sa fourmi verte régulière et symétrique, impassible, inébranlable, d'aucun secours. Soudain, au milieu d'une largeur de stade, au centre parfait de ma portion de terrain, ma machine est tombée en panne, d'un coup, sans prévenir. Batterie déchargée, un grand classique. J'étais figé, anéanti.

Le ciel s'est mis à descendre sur moi comme un couvercle de plomb, l'herbe est devenue bleu électrique, surnaturelle; tout tremblait comme sous l'effet d'une vibration magnétique. Et dans cet arc incandescent, tel un mirage, sont venues danser trois nymphettes, trois Ophélies phosphorescentes: la môme septicémiée du bouquin, Jennyfer, et mademoiselle yeux verts-menton pointu quand elle avait seize ans.

Elles dansaient comme des spectres devant le nez de mon tracteur, lentement, sans un mot, les bras serpentant dans l'air, opales, et le regard planté dans le mien, triste, délavé, méditatif. On m'avait jamais regardé comme ça. Ni ma mère, ni les juges, ni personne. Elles étaient là, exténuées, ondulant leur parade de séduction neurasthénique dans un tremblement bleuté de lobélies malades, trois ados arrachées au temps pour se fixer dans celui de mon angoisse. *«Celle qui file, celle qui tisse, celle qui coupe. Les Trois Parques! Le fil de la vie! C'est pourtant pas bien difficile à retenir, bon sang!»* Alexandre, invisible et en colère, me hurlait dessus. C'était pire qu'au tribunal, pire que les pires jours de taule, pire que jamais.

J'ai dû faire une sorte de malaise parce que à la voix d'Alexandre s'est substituée celle de Gilbert: «Eh mec, ça va? T'es tout blanc.» Le mégot entre les lèvres, il me tapotait les joues. Les joues d'un type revenu de l'enfer, échoué sur une tracto-tondeuse au milieu d'un stade de foot désert, un matin d'octobre à Nogent-le-Rotrou.

On a poussé ma machine en panne jusqu'à l'entrepôt, où Gilbert m'a laissé récupérer pendant qu'il finissait mon carré. J'étais affalé sur une caisse. Je regardais les outils, les vieilles godasses crasseuses de mes collègues, les bidons d'engrais, d'essence et de désherbant, remisés là depuis que l'usage en est interdit; tout ça se contentait de luire banalement dans une traînée de contre-jour poussiéreux, sans m'accabler de messages surnaturels, sans me faire le coup de s'animer comme dans *L'Apprenti sorcier*. Je respirais ces odeurs mâles de pieds qui puent, de cambouis frelaté, où s'agrégeait celle du gazon tondu, douceâtre, vaguement écœurante. Je me suis levé, incongru, désœuvré. Pour m'inscrire dans l'espace de façon incontestable, comme pour forcer la réalité à me rattraper d'une main ferme par un pan de ma parka, je suis allé regarder dans la cachette où Gilbert planque ses bières, vérifier qu'il picolait toujours en douce pendant le service, malgré ses promesses. Elles étaient toujours là, des packs neufs, à peine dissimulés. Gilbert a des cachettes de Polichinelle pour ses bières: dans les serres c'est derrière le terreau, dans la fourgonnette c'est sous la bâche, au cimetière c'est avec les balais au fond des toilettes. Je me récitais ça comme quand, gosse, je psalmodiais les tables de multiplication pour me rassurer dans le noir. Ça a marché. Je me suis un peu calmé; ni le ciel ni le sol ne tanguaient plus, et à midi on est partis déjeuner chez Francine. Le lundi c'est blanquette de veau, mais elle me sert une belle assiette sans viande, seulement du riz et des carottes, avec beaucoup de sauce. J'ai jamais autant apprécié d'avoir les habitudes d'une vie prolo bien réglée. En prison aussi j'avais une vie bien réglée. J'aimais bien. Moi faut pas trop que je pense. Les jours bien métronomés empêchent de penser. Les obligations empêchent de dériver. La surveillance de délirer. L'obéissance de réfléchir. Ça m'allait bien tout ça.

Francine était en pleine forme, comme tous les lundis. À croire qu'elle s'emmerde le week-end et qu'elle compte les heures avant de pouvoir relever le rideau de sa cantine, ouverte le midi seulement, menu complet neuf euros quatre-vingt-dix, d'où elle a soustrait récemment le quart de rouge (aujourd'hui en supplément à trois euros, un supplice pour Gilbert) sans doute après réception de la circulaire de la mairie, qui a relayé une campagne nationale très agressive d'information sur les méfaits de l'alcool pendant le temps de travail, pause méridienne comprise, menaçant vaguement de sanctions administratives les établissements de restauration qui en proposent dans le menu du jour. Ça ne l'empêche pas de dorloter depuis des années des générations d'employés municipaux gourmands, fidèles et reconnaissants, rendus à l'enfance quand arrive le bœuf bourguignon, qui doit avoir le goût de celui de leurs dimanches. Il faut les voir saucer goulûment avec des extases de poupons, et tendre leur assiette, les yeux humides, quand Francine revient avec une gamelle de rabe. On disait Francine comme on dirait maman. Ambiance familiale.

Ça fait combien de temps, moi, que j'ai pas dit maman? Et la fille, ça fait combien de temps qu'elle a pas dit maman à sa maman que j'ai dézinguée? Et ça fait combien de temps qu'elle a plus entendu maman dans la bouche de sa fille? Maman...

Quand la mienne est morte, j'ai pas pu assister aux obsèques. Pas parce que j'étais puni, comme d'autres détenus qu'on torture en leur interdisant d'enterrer leurs proches pour des raisons bidon (pas le bon tampon, pas pu trouver d'escorte au fourgon cellulaire, parloir avocat ce jour-là, sanction pour injure à un maton); c'est juste parce qu'on me transférait le même jour dans une prison trois étoiles, que c'était prévu depuis longtemps, et que ça aurait été vraiment trop compliqué de tout reporter. J'ai pas insisté. Obéissant. Soulagé. J'ai bien fait: le premier jour à Beaulieu, Alexandre me faisait de l'œil, le deuxième il me lisait un poème à la promenade, le troisième on déposait une demande de cellule commune, le quatrième les tontons de la télé sont intervenus, et le cinquième j'étais dans sa couchette.

Baguette magique.

Une vraie vie de princesse. La taule: mon palais. Les tontons: mes bonnes marraines. Les matons: mes sujets. Le JAP: mon ange gardien. Alexandre: mon prince.

Ma condamnation: mon couronnement.

Trop belle la vie.

Il y avait ce petit ciré noir très cintré à boutons chromés. Il y avait ce pantalon marin avec la fermeture sur la hanche gauche et les jambes évasées. Il y avait ce twin-set imprimé, tee-shirt et cardigan coordonnés, pure laine, lavage à la main.

J'ai tout jeté.

Il y avait ce pull-over ajusté, motif Mondrian sur fond noir, cette minijupe en daim qui se fermait devant avec de gros boutons-pression, ces bottes en cuir, petits talons et bouts carrés, ce foulard en soie à gros pois multicolores. Il y avait deux tubes de fond de teint d'avance et un flacon à peine entamé de son parfum.

J'ai tout jeté.

Avant ou après l'autopsie je ne sais plus.

Il y avait cette jupe écossaise, et la déjà fameuse petite robe noire. Il y avait son fuseau de ski bleu roi et des quantités d'écharpes et de bonnets. Il y avait toutes les pelotes de laine de tous les pulls de toutes les couleurs qu'elle nous aurait tricotés cet hiver.

J'ai tout jeté.

Elle portait du 34 et c'est ma taille aujourd'hui.

Toute cette garde-robe seventies, qui fait fureur aujourd'hui dans ma banlieue branchée, a fini en cendres. Aussi ces imposants pendentifs, très hippies, très tendance. Les fragments d'améthyste, de jade, de cornaline se fendillaient dans leur cerclage d'argent tordu par la chaleur, roche rendue à la roche.

Tout, j'ai jeté. Tout brûlé.

Fini. Terminé. Erased.

À l'époque, je ne savais pas encore me parer des dépouilles des morts. Je ne savais pas qu'un cadavre est une promesse d'avenir.

Ce fut un grand feu au bord d'une rivière. Ou plus précisément au bord d'un de ces torrents des Vosges, quand ils dévalent en kamikazes les pentes de vieux granit et que, traversant soudain une zone moins accidentée, étonnés du calme du relief, ils freinent leur course et s'étalent un moment dans une écume ralentie, plus mousseuse que tumultueuse.

Une heure avant j'avais fourré tout mon héritage dans de grands sacs-poubelles, j'avais pris l'Austin avec sa roue de secours et gravi la montagne en excès de vitesse, dérapant sur le verglas dans les lacets. Je l'avais garée dans une épingle, d'où démarrait un sentier de randonnée que l'hiver rendait quasiment impraticable. J'avais traîné les sacs-poubelles dans un désordre de plastique déchiré sur les souches, de trébuchements fiévreux et de larmes convulsives. J'avais rassemblé le plus sec de ce qu'on pouvait trouver de bois mort alentour.

Le tapis de feuilles mortes était encore constellé de cristaux de glace, et le silence était parfait. Pas même un mugissement de vent dans les branches nues, pas un oiseau, aucun bruit de groin ou de sabots. J'avais pensé au papier journal. Le sabbat pouvait commencer. J'ai fait une Saint-Jean de février.

J'ai tout jeté.

Je balançais dans les flammes tout ce qui avait touché le corps de ma mère, rageuse, féroce, acharnée, éradiquant de mes profondeurs jusqu'à la pensée d'avoir eu une mère, d'avoir été fille ; brûlant, carbonisant les collants et les chemisiers, ajustant parfois contre mon buste un corsage, contre mon bassin une jupe, hurlant, jetant, livrant aux flammes – les mêmes qui procéderaient à l'incinération – les vêtements de celle qui n'était plus, qui ne serait plus jamais, et dont les doublures, les ourlets et les revers gardaient l'odeur : Rochas et tabac brun.

Les escarbilles brasillaient dans les volutes de textile calciné comme des mouches noires égarées dans la mauvaise saison. Leur crépitement s'accordait bien à mes hoquets, à ma transe funéraire. J'étais une Indienne devant son totem en fusion.

Quand le dernier brin de laine a fini de se tortiller sur la dernière bûche rougeoyante, quand le dernier escarpin a fini de fondre, dans une odeur de pneu brûlé qui m'a enfin fait penser à autre chose, une usine en grève par exemple, je suis allée à la rivière remplir une cuvette d'eau. Laisser le feu mourir de lui-même au cœur de la forêt ne représentait aucun danger ; la nuit tombante se gorgeait de son comptant d'humidité. Mais je voulais un finale, que la cérémonie fût achevée ; et j'ai arrosé les dernières braises avec l'eau glacée puisée au torrent, puisée au débit meurtrier des cascades de malheur, puisée à l'enfance ravinée.

Dans la voiture en descendant, j'avais mille ans. Mes vêtements sentaient le barbecue entre amis et le linge oublié dans les tambours de machines à laver. J'ai pensé à ma prof de français et à la liberté.

J'ai aussi pensé à la rose rouge que j'achèterais chaque 1er février, jusqu'à mon dernier. Tous mes bouquets, depuis, tiennent dans cet unique soliflore.

Lundi après-midi

L'après-midi on avait cimetière. Y a pas mal de boulot juste avant la Toussaint. Pour commencer, nos services tiennent un stand de vente de chrysanthèmes et de bruyères. Un stand à nous, dans l'enceinte du cimetière, dont les bénéfices servent à animer notre potager pédagogique. Ce sont des initiatives nouvelles, instaurées par Lelièvre, qui a plein d'idées pour mettre en valeur notre activité dans la ville, qui veut faire de l'interactif, des animations pour les gosses, des trucs comme ça. C'est pour qu'on soit visibles. Il nous a expliqué qu'il avait pompé l'idée en voyant les panneaux sur l'autoroute, qui rappellent aux automobilistes que de gentils petits hommes orange prennent soin à chaque seconde de leur sécurité. Nous, on est les gentils petits hommes verts, qui prenons soin à chaque seconde de l'esthétique environnementale des citoyens. Ça force le respect.

L'empotage des bruyères et des chrysanthèmes, qui attendaient sagement aux serres dans leurs caisses «pleine terre» venues de Flandres ou de Hollande, était prévu pour le lendemain; mais, en attendant, il fallait ratisser les allées, égaliser le gravier, épousseter les tombes – normalement c'est à la famille de s'en occuper, mais à la Toussaint on fait un effort –, tondre autour des massifs, vérifier les points d'eau, retrouver tous les arrosoirs abandonnés n'importe où... Bref, on s'y met tous, c'est le grand ménage de fin octobre, Lelièvre insiste là-dessus: un cimetière pimpant comme une boîte à musique, des endeuillés avec la banane. S'il avait pu ripoliner les stèles en vert anis et jaune citron, il l'aurait fait.

À 14 heures on a garé la camionnette devant les grilles, et Gilbert est tout de suite passé aux toilettes. Tiens tiens. J'ai pris un râteau, et j'ai commencé par les feuilles mortes du flanc sud, allée A1. Rachid, Antonin et Benoit attaqueraient les autres coins, B1, C1, D1. Un quadrillage simple, comme au stade. Et comme là-bas, des fois on fait les cons au point de jonction, beuglant la *Marche funèbre* à pleins poumons, debout, le râteau brandi, seuls sur la terre fade comme un cadavre, réduite à un cimetière ratissé menu, où il resterait plus que des Playmobil.

Gilbert est allé causer aux collègues marbriers pour vérifier la compatibilité des plannings. À cette époque de l'année, ils sont nombreux à travailler: la Toussaint rappelle aux familles qu'ils ont des morts, qui eux-mêmes se rappellent à eux, à leur porte-monnaie. À la tante Jeanine on a promis une dalle, il faut poser la semelle de la cousine Berthe, c'est le moment de faire une place dans le caveau pour Papi qui passera pas l'hiver, et de renouveler la concession des beaux-parents... Alors ça fourmille dans les allées. Les ouvriers-marbriers jouent de l'excavatrice et de la bétonneuse, nous du râteau et de la binette. S'agit de pas se télescoper. Lelièvre a bien briefé Gilbert sur les méthodes d'optimisation du travail. Il a préparé des circuits et des diagrammes pour que tout roule. «Comme ça, ça va rouler.» C'est son expression préférée. Moi aussi, j'aime bien quand ça roule. Et là ça roulait plus. Grain de sable dans l'engrenage. Le travail ne réussissait pas à m'abrutir, je redoutais qu'une nouvelle hallucination égare mes esprits comme le matin: des spectres dansants sous mon râteau, des morts-vivants surgissant des fosses éventrées. Les mouches stridulaient toujours et j'avais peur qu'elles se mettent à parler, avec des vraies voix, avec des vrais mots, avec les bonnes questions. Sur les croix je lisais les dates malgré moi. Je calculais. Des soustractions. La date de mort moins la date de naissance égale la durée d'une vie. Je cherchais les enfances arrêtées, les quadragénaires fauchés.

Vers 16 heures il s'est mis à bruiner, un crachin sûr de lui comme j'ai appris à connaître ici, quand l'Atlantique colonise les terres sans démonstration de force mais avec obstination. Dans les allées, la pluie alourdissait les feuilles, c'était plus facile à mettre en tas. La dernière heure est passée vite. Gilbert a libéré les troupes en même temps que sonnait la cloche de fermeture du cimetière, un son de synthèse programmé par des ordinateurs et diffusé dans des haut-parleurs; c'est comme ça depuis que le gardien est parti à la retraite, non remplacé. Pourtant la cloche pendouille toujours devant le petit bureau de l'accueil, gris rouille, idiote.

J'ai entassé mon dernier tumulus devant «Bernadette – 1962-1967». Une petite plaque gravée était posée sur le rebord de la tombe: «Face au défi du temps et de ses outrages, cette sépulture se détériore ou semble laissée à l'abandon. Une procédure de reprise est engagée. Si vous souhaitez la préserver, veuillez vous présenter auprès des agents du cimetière ou à l'hôtel de ville pour la démarche à suivre.» Dix fois j'ai relu les mots, comme hébété face à un message chiffré, une énigme comme l'autre Grec, là, Œdipe – celui-là il est connu. J'ai fini par rejoindre les autres. L'heure d'hiver accouplée à l'averse surprenait nos visages dans une tombée du jour luisante et blême. Rachid, Benoit, Antonin et moi, on s'est entassés dans la fourgonnette qui s'est aussitôt mise à puer le chien mouillé. Gilbert nous a déposés devant la mairie; j'ai décliné l'apéro au Relais de la Poste et j'ai pris la direction de la rue Saint-Hilaire.

Le lundi, Ma vie en bio est fermé. L'assiette de riz chez Francine me tenait encore au ventre et depuis ma cuite au Martini j'avais l'appétit détraqué, mais j'ai pris l'habitude de manger à heures fixes, je déteste sauter un repas, ça m'apaise ces affaires de transit, l'assimilation de nourriture soigneusement mastiquée, puis sa transformation par les enzymes gloutons, le travail nocturne des sucs gastriques, jusqu'à la crotte bien moulée du matin... une horlogerie du dedans qui me règle sur les humains, pas sur les monstres ou les zombies. Alors j'ai fait un détour pour acheter du cantal et une demi-baguette place Jean-Jaurès. Dans la rue piétonne, toutes les vitrines avaient des décorations de Halloween. Chez la mercière au milieu des posters en canevas (nichées de chatons dans leur panier, couchers de soleil maritimes), chez le coiffeur au milieu des perruques spéciales chimio, chez la lingère au milieu des soutiens-gorge, chez le marchand de jouets au milieu des Lego, partout des têtes de mort, des fausses toiles d'araignée, des masques effrayants sculptés dans des citrouilles, des visages tordus taillés dans des draps, qui me faisaient des grimaces bien lourdes. Dans les vitres mon reflet était pitoyable, un pantin trempé, craintif. Je finissais par trouver ça débile, cynique et malveillant. Entre le cimetière et les mouches, le complot devenait franchement grossier. On aurait dit une série de sortilèges subtilement mis en scène dans la seule intention de me faire dévisser. Mais pour quelle chute? On m'avait encordé à un réel millimétré et insignifiant, un quotidien anesthésique certifié conforme pour un protocole de désendettement, pour un rachat bas de gamme. Mais j'avais dû oublier de signer une clause cachée, un alinéa secret. Des ombres me tendaient le stylo mais le paragraphe était indéchiffrable.

J'avais dix-neuf ans et un goût de cendres dans la bouche. Il allait falloir revoir le contrat. Pas question de se laisser piéger par les notes de bas de page écrites en tout petit, les pénalités en cas de deuil prématuré, de déchirures ombilicales, de chagrin longue durée.

J'ai pris le stylo-plume en or offert par une vieille tante un peu cartomancienne, et j'ai forcé la Vie à me signer un contrat de princesse.

Pas un contrat bas de gamme pour recluse dans donjon de tristesse, ou embaumée dans cercueil de verre chimique. Non. Une invitation permanente pour le bal des possibles.

Mon palais : la langue de mon pays. Mes bonnes marraines : la syntaxe et la musique. Mes sujets : les livres. Mes princes : les poètes. Mon royaume : l'imagination.

La mort pouvait frapper, elle frappera encore.

J'avais mon contrat, un pacte en bonne et due forme, qui stipulait des zones de retranchement – bibliothèques, librairies, jardins – et le droit à l'usage d'armes légères : javelot de la phrase, cartouches à encre, pentamètres ïambiques.

Lundi soir

Après le passage à l'épicerie, je suis arrivé à mon étage le souffle étriqué et le cœur en tambour. J'ai essayé de trouver une occupation, de quoi me distraire de cette apocalypse intérieure. Je me suis mis à ranger la lessive qui séchait depuis deux semaines. Les chaussettes étaient raides, les caleçons et les tee-shirts aussi. J'ai jamais retrouvé la marque d'assouplissant de notre femme de ménage dans la maison normande; ni celle de la lingère de Beaulieu. Les jours de rendu de lessive, on fourrait tous le nez dans nos slips tellement ça sentait bon. J'ai aussi connu des mecs qui fourraient leur nez dans des culottes de gonzesses après leur «parloir matrimonial». J'en ai vu se marier en détention avec des raclures dénichées je sais pas comment, juste pour être assurés de baiser une fois par mois. Les filles leur laissaient leurs dessous pour qu'ils se touchent avec. Je trouvais ça dégueulasse.

Même plier le linge râpeux était au-dessus de mes forces. Je tremblais, je me cognais aux meubles, les vêtements m'échappaient des mains. Toute ma précieuse mécanique routinière se disloquait, mes articulations gesticulaient comme celles d'une marionnette animée par un ivrogne. J'étais Pinocchio, et des mouches folles tiraient mes fils.

Je pouvais pas passer une nouvelle soirée dans cet état. Il fallait neutraliser ce cauchemar et, samedi soir, j'avais compris que l'alcool, c'était pas la solution. J'allais me mettre à hurler quand je me suis souvenu de l'ordonnance. Celle avec le drapeau bleu blanc rouge du ministère de la Justice, celle qu'ils filent systématiquement quand on sort de taule pour pallier la fréquente crise d'angoisse que le retour à la liberté, paraît-il, occasionne souvent. Une ordonnance d'anxiolytiques. Je l'ai retrouvée dans une des pochettes intérieures de la valise: une seule boîte, non renouvelable. La prescription était périmée, j'ai falsifié la date. Toujours avec des gestes saccadés et maladroits, comme si des influx nerveux étrangers au contrôle de mon cerveau commandaient mon corps, j'ai attrapé ma parka et je suis descendu à la pharmacie juste avant la fermeture. La vendeuse m'a délivré la boîte de Tranxène sans relever la rature, sans doute impressionnée par l'en-tête ministériel, ou alors pressée de fermer la boutique. J'ai sorti un billet de vingt euros. «Votre monnaie!» Sans m'en rendre compte, j'étais déjà dehors. Je suis revenu sur mes pas empocher les piécettes et je me suis encore enfui. Le rideau de fer m'a mordu les talons avec son fracas de tôle pilée. Remonté dans mon deux-pièces, j'ai allumé la télé, infos régionales. Je sectionnais les comprimés et les boulottais en mâchonnant de la mie de pain, une prise entre chaque reportage. Exposition de l'artisanat percheron à l'Office du tourisme. Conseil aux chasseurs pour l'ouverture de saison. Fait divers: deux amis, trente-quatre et cinquante-huit ans, ont été retrouvés sans vie dans leur maison, devant les reliefs du repas de la veille au soir. La télé n'a pas dit ce que tout le monde pensait: que c'était sûrement un couple homo. Mon tee-shirt remuait comme si de la vermine grouillait dessous; c'était juste le cognement de mon cœur et les spasmes de ma peau. J'ai enfin commencé à m'engourdir, à me sentir vaseux, épais, de glaise. Les fils de la marionnette devenaient des câbles graisseux, fatigués de manœuvrer un vieux phoque camé. Je crois que c'est au moment où le présentateur rappelait la signature de la fille le lendemain à la librairie que j'ai sombré.

Bien sûr, j'avais rendez-vous.

C'est la nuit et je cherche ma mère.

Elle a quatre heures de retard sur notre rendez-vous.

Je suis seule dans cet appartement où je ne reviens plus que le week-end. C'est un appartement dévasté. La moquette est trempée par les larmes de ma mère, les meubles gondolés par les larmes de ma mère, les bibelots moisis par les larmes de ma mère, les rideaux imbibés des larmes de ma mère, la baignoire remplie des larmes de ma mère, le chat s'est noyé dans les larmes de ma mère. Ma mère est une femme malheureuse. Son mari est parti avec une autre. Son monde s'est effondré. Elle erre dans les ruines avec du Tranxène, un masque de Rimmel fondu, peut-être quelques amants. Le vendredi soir, nous nous retrouvons à l'appartement après ma descente du train et la fermeture de son magasin, et nous allons ensemble manger une pizza. Elle prend une napolitaine et moi une regina ; nous buvons trop de chianti, souvent le serveur apporte quelques serviettes en papier supplémentaires pour qu'elle se mouche. Je raconte ma semaine et elle ne m'écoute pas. Elle raconte la sienne et c'est la même que la précédente : une succession de tempêtes de chagrin. C'est ainsi que commence le rituel des fins de semaine. Souvent j'aimerais y échapper, rester dans la grande ville où j'étudie, me dérober à la pizza du vendredi, au cinéma du samedi, où je l'emmène voir des comédies insipides, aux interminables Scrabbles du dimanche, où entre chaque mot pleuvent cent larmes compte triple, et à ces nuits où je reste à son chevet pendant qu'elle s'agrippe à mes poignets, naufragée. Mais c'est ma mère, et dans l'océan de détresse où elle menace de perdre la raison, je fais la bouée deux jours par semaine.

Tout à l'heure elle a téléphoné pour m'avertir qu'elle serait un peu en retard, qu'elle avait une réception de commande à mettre en rayon. Mais il est minuit et je suis sans nouvelles.

Bien entendu, j'ai déjà passé tous les coups de téléphone susceptibles de me renseigner, de me rassurer. À la pizzeria, à son patron, à la seule amie qui la supporte encore. À l'hôpital et au commissariat aussi. Personne ne sait rien, personne ne l'a vue, elle n'est enregistrée nulle part. J'ai allumé toutes les lampes de l'appartement. Je guette à l'oreille sa voiture, je connais parfaitement le son du moteur de l'Autobianchi, même la nuit, même avec l'amorti du tapis de neige qui s'est mise à tomber, même avec les bruits de l'intérieur de mon corps qui tambourinent. Des verrous de plomb encerclent mes chevilles, mes poignets. Je suis paralysée. Je fume près du téléphone – fumer oblige à respirer.

J'ai rendez-vous avec une catastrophe, je le sais.

Soudain je me jette dehors. Je suis mal chaussée pour la neige, mal habillée pour janvier. Je m'engouffre dans mon Austin, je n'ai pas d'autre programme que de sillonner la ville, rue par rue, à la recherche d'une explication. La neige est épaisse déjà, des flocons aussi nerveux que moi s'aplatissent sur le pare-brise, denses, météorites. Le chauffage est en panne, le dégivrage ne marche pas non plus, je ne vois rien. Alors je conduis maladroitement, penchée sur le volant comme ces dangers publics octogénaires qu'on klaxonne sur les routes de campagne. Je distingue mal la frontière entre la chaussée et les trottoirs, si bien que mes roues heurtent souvent des bordures invisibles, des angles ensevelis. La ville est déserte. Dans certains quartiers, on n'a pas encore démonté les décorations de Noël, la neige boit des flaques bleues, rouges, électriques mais délavées, qui clignotent entre deux mouvements d'essuie-glace comme dans un Luna Park à l'abandon, lugubre et prophétique. L'étau de l'angoisse est implacable. Les nuages de buée qui s'échappent de ma bouche où j'entends claquer mes dents collent sur les vitres de grandes feuilles de papier calque. Je sais que cette nuit est la pire de ma vie et que son aube dira qu'il y eut un avant.

Parvenue devant le magasin, je note un fait et une anomalie : le fait, c'est que l'Autobianchi n'est plus devant le magasin. L'anomalie, c'est que les spots de la vitrine n'ont pas été éteints. Tiens, bizarre. Elle a oublié d'éteindre la lumière. Pourtant la porte est fermée. Exactement le genre d'observations qui ouvrent un champ de possibles glissant, qui précipitent dans des conjectures sans fin, qui mettent la vie sur un plateau de Cluedo. Exactement l'entrée vers la folie. D'ailleurs je deviens folle et en reprenant la voiture je loupe un trottoir qui, cette fois, défonce la jante et perce le pneu. La voiture dérape comme une paume sur une page blanche. J'ai crevé. Je suis en panne.

Et j'ai perdu ma mère.

Je coupe le contact, je sors de la voiture, et je la pousse quelques mètres sur le côté de la chaussée pour qu'elle ne gêne pas la circulation. Les flocons glacent ma nuque, s'épinglent dans mes cils. Je me rends compte que je suis en chaussons et sans manteau, à plus de vingt minutes à pied de l'appartement, qui ne peut même plus être un refuge. Je marche, terrorisée, grelottante, sous la neige. Le silence est absolu, pas même le bruit de mes pas. Parfois je vois les traces, à rebours, que l'Austin a laissées ; les seules sur le manteau neigeux. J'arrive à la maison. Je ne sens plus mes orteils, je ne sens plus rien.

Dans l'appartement tout est différent, comme si tout avait déjà été mis sous scellés. La tasse de café au lait, oubliée du matin, a une luisance de spectre ; la trace de rouge à lèvres sur son rebord, une nacre de sang. Les mégots de Gitane semblent pompéisés dans les cendriers. La liste de courses que ma mère a rédigée à la main sur la table de la cuisine ressemble à une lettre d'adieu. Ce sont les derniers mots, les dernières cigarettes, la dernière gorgée, je le sais. Il suffit d'attendre de savoir comment elle est morte, attendre que ces objets prennent officiellement le statut de pièces à conviction, et je serai libérée de la boule de plomb qui maçonne mon plexus.

Je trouve un jeu de cartes. Je fais des réussites. As de pique, dame de cœur, as de pique, dame de cœur : la Mère, la Mort. La boule au cœur, en fusion, descend vers mon ventre, se loge dans mes ovaires. Je n'attends pas mes règles et pourtant je me mets à saigner. Je fume toujours, beaucoup, clope sur clope. La nuit est très avancée mais il faut attendre le réveil des gens, l'ouverture des bureaux, la naissance du matin. J'attends. Mon esprit n'est pas vide : je pense à l'Austin qu'il faudra dépanner demain, je pense aux rendez-vous qu'il faudra annuler la semaine prochaine, je pense crémation ou enterrement, je pense à l'ordre de priorité de ceux qu'il faudra prévenir, je pense à mon père. Je pense à tout ça. Je sais que je ne la reverrai pas vivante, je me demande aussi pourquoi je le sais.

La suite est connue.

Les articles de journaux, les procès-verbaux de l'enquête, les comptes rendus du tribunal en ont fourni les détails.

Ma mère n'a jamais quitté le magasin, contrairement à ce que pouvait laisser penser la disparition de l'Autobianchi ; elle est morte à l'intérieur, dans l'arrière-boutique, où les traces ensanglantées de ses mains sur les murs ont rapidement fait conclure à un homicide.

Il était 8 heures du matin quand j'ai vu briller, entre les mailles d'un pull vert bronze, presque bruni déjà, le sang de ma mère. Mon aplomb devant le cadavre en a sidéré plus d'un.

Le lendemain au crépuscule, un dimanche, la police a arrêté l'assassin, qui dormait dans son lit.

Mardi

J'ai émergé très en retard pour le travail, le corps dans une camisole de plomb, la bouche dans une muselière de ciment, l'estomac répandu en flaques puantes sur le canapé, et le cerveau partout sauf dans ma boîte crânienne. La télé marchait toujours – infos régionales: portrait d'un champion de golf local, météo de Toussaint, gros plan sur chrysanthèmes. Il fallait appeler Gilbert. Il a été compréhensif: «J'ai bien vu que t'étais pas dans ton assiette ces jours-ci. Je te laisse la matinée, mais si tu es d'attaque, ce serait bien que tu sois là cet après-midi.» J'ai dit qu'il pouvait compter sur moi, que non, on se retrouverait pas chez Francine, que je prendrais le bus pour être directement aux serres à 14 heures. Je me demande toujours pourquoi j'ai choisi d'aller bosser, sans doute un peu par réflexe d'obéissance, surtout pour occuper le temps jusqu'au soir, puisque j'étais toujours en vie, que j'étais toujours à Nogent-le-Rotrou, et qu'un message était aimanté sur ma peau, tel un pense-bête sur un frigo: «librairie mardi 19 heures».

De nouveau j'ai fait disparaître les pièces à conviction: détachant sur le canapé, Tranxène à la poubelle, fringues à la machine. Deux comprimés de vitamine C, dentifrice, rasoir, savon, shampoing, encore dentifrice. Toilette mortuaire pour un vivant décomposé, préparatifs nuptiaux pour un pacs avec un essaim de mouches à merde. J'avais envie d'un couteau dans ma poche et d'une hostie sous ma langue. Dans le bus, j'avais l'air d'un sou neuf frappé dans une monnaie de contrebande.

Les serres municipales sont à la sortie est de la ville, dans la zone industrielle, juste après le site de B. Braun, l'usine de chimie pharmaceutique qui fabrique des médicaments pour les gens, pour les chiens et pour les plantes. Quand on est ni entrepreneur du bâtiment pour riches retraités du barreau parisien, ni fonctionnaire de la ville, ni chômeur natif, c'est là qu'on travaille. C'est le bassin d'emploi de la ville, comme ils disent, c'est surtout un bassin de pollution. Quand souffle le vent d'est, les fleurs font la gueule sous les arceaux de plastique, et nos employés cachent la leur dans des foulards.

Gilbert venait de rentrer de la pause-déjeuner avec les gars, qui comparaient la puanteur de B. Braun avec l'odeur de graillon de chez Francine – le mardi c'est poulet frites. Les équipes et le travail étaient distribués depuis le matin, alors Gilbert m'a pris à part et m'a dit, mystérieusement complice, comme s'il m'accordait une faveur: «C'est le bon jour pour le tilleul.»

C'était donc aujourd'hui que le cadavre de ce vénérable ancêtre, euthanasié l'année dernière au pied du château Saint-Jean à cause d'un vulgaire acarien, allait passer au hachoir, à la moulinette. On l'avait abattu, débité en gros tronçons, transporté aux serres lors d'un convoi digne de funérailles nationales, et entreposé à l'arrière du conservatoire des bulbes pour qu'il sèche. Une grande délibération avait tranché en faveur du paillage contre l'incinération. Depuis, ses rondins attendaient le broyeur, et c'est à moi que Gilbert confiait la réduction en copeaux du vieux guetteur de foudres. Ce mardi d'octobre serait donc jour de sacrifice.

On a chargé le broyeur thermique sur le transpalette et je l'ai conduit jusqu'aux restes du tilleul. J'ai branché l'appareil sur le groupe électrogène, j'ai mis les lunettes de protection et le casque antibruit, et j'ai inséré une première bûche dans la trémie. La lame cinglant les chairs noueuses redoublait le sifflement de mes tortionnaires ailées malgré le filtre des oreillettes. Mes tympans exultaient. Très vite, j'ai accéléré le tempo, je me suis mis à déverser frénétiquement dans l'entonnoir les innombrables reliques du géant centenaire. La benne de réception se remplissait d'une poudre tiède, odorante, d'un blond pâle. Souche, tronc, branches. Les membres que le tisserand jaune, l'infect parasite, avait empoisonnés fondaient sans résistance. Ceux qu'il avait épargnés renâclaient, farouches, giclant en copeaux coupants. Il a fallu des heures pour arriver au bout du carnage. J'étais comme le grand prêtre d'une bacchanale d'écorces et de fibres, officiant dans un tumulte d'hymnes suraigus, et quand le dernier tronçon est passé dans la trémie, faisant place à un silence stupéfait, je sais pas ce qui m'a pris. Sous l'emprise d'une incoercible impulsion, j'ai arraché les lunettes, le casque, ma veste, mon jogging, mes pompes, mes chaussettes, mon slip. Nu, je me suis mis nu. Seul là-bas tout au bout des serres, protégé des regards par des centaines de mètres de bâches opaques, j'ai enjambé la cuve et je me suis immergé dans la sciure lustrale du vieux tilleul en poudre. Fonts baptismaux. Lessive expiatoire. Chaleur matricielle. L'odeur était âcre et sucrée à la fois. J'infusais dans la sagesse des arbres et le repos du monde. La poussière blonde glissait contre mes flancs au rythme de ma respiration. Les mouches étaient silencieuses, je pensais à rien. Plus de chignon roux de sang vermillon de billets verts d'idées noires de rire écarlate. Plus de sexe d'âge de passé de futur. Je me contentais de naître.

Là non plus je suis pas mort. Les voix des gars qui se saluaient à l'heure de la débauche ont rompu l'enchantement. Vite je suis sorti de la baignoire, j'ai renfilé mes habits, gardant sur la peau, captif entre les poils, un duvet ambré, qui me grattait un peu. J'ai couvert le container de sa bâche protectrice, j'ai rangé le broyeur thermique dans son local, et précisé à Gilbert que le vieux tilleul fournirait à vue de nez environ cinquante mètres carrés de paillage.

Je ne lui ai pas dit qu'à moi il avait fourni une surface de réparation, une immensité.

Car je suis convaincu que nul homme ne comprend jamais tout à fait ses propres esquives et ruses pour échapper à l'ombre sinistre de la connaissance de soi.

Joseph Conrad

Lord Jim[1]

1. Traduction de Philippe Neel, Garnier Flammarion, 1996.

2

En tout cas, c'est alors qu'Emma est entrée dans le roman de sa vie, dans ce qu'est véritablement un roman, ce lieu où l'amitié totale des humains, des bêtes et des fleurs, leur enchaînement de merveilles, s'ouvre soudain sur la question compliquée du mal.

Claudie HUNZIGER

Elles vivaient d'espoir[1]

1. Grasset, 2010.

À la gare Montparnasse, une femme lève les yeux, qu'elle a verts et cernés, vers le tableau indicateur des voies. Comme d'habitude, elle est en avance et son train n'est pas encore affiché. Comme d'habitude, elle regrette la demi-heure perdue. Toutes ces demi-heures perdues. Elle avise le snack le plus proche d'une sortie à l'air libre, où elle achète un café trop cher servi dans un gobelet en carton qui lui brûle les doigts, et se dirige vers le parvis pour fumer une dernière cigarette. Aujourd'hui par bonheur il ne pleut pas, ce qui lui évite la périlleuse manipulation conjointe du gobelet, du mégot et du parapluie ; puisqu'elle n'a pas trois mains, ni assistante personnelle, ni garde du corps, ni vraiment le moral. Sa valise est légère : dans vingt-quatre heures elle sera de retour, le temps de renouveler son bagage avant de repartir dès jeudi pour une autre ville. Laquelle déjà ? Son éditeur lui a mis en place une tournée de promotion de son livre, paru à la fin de l'été, et dont les ventes, contre toute attente, prennent une tournure de best-seller. Depuis début septembre, elle parcourt la France à l'invitation des libraires ou des organisateurs de gros salons commerciaux, et elle commence à s'embrouiller dans la feuille de route. La nuit, elle fait des cauchemars tourmentés par la voix synthétique de la SNCF, l'autre jour elle s'est présentée à la gare de Lyon quand le train partait de Bercy, et elle oublie régulièrement sa brosse à dents, ou sa brosse à cheveux, ou son médicament, ou son chargeur de portable.

– Vous ne seriez pas passée à la télévision jeudi dernier ?

Un autre fumeur s'est approché, la félicite pour sa prestation remarquée dans cette émission littéraire à succès, et montre clairement son intention d'engager la conversation sur un mode familier, en connaisseur.

– Malgré le sujet, j'ai très envie de lire votre livre. Une autre cigarette ?

La femme se dérobe, prétextant le départ imminent de son train, jette son gobelet dans le compartiment « recyclable » d'une poubelle, attrape sa valise, s'engouffre dans le hall, slalomant parmi les voyageurs au son boiteux d'une mazurka qu'elle a jouée petite, sans décider si la volonté des autorités d'équiper les halls de gare de pianos droits de marque chinoise relève de la pure hypocrisie politique, ou d'un véritable idéal démocratique. Le panneau lumineux la renseigne : elle trouve sa voie, elle trouve sa place. Valables uniquement pour ce jour et pour ce trajet, n'exagérons rien. Côté fenêtre. Elle s'installe, se livrant au petit théâtre mécanique de la voyageuse de semaine : extraction du sac à main d'un livre sérieux et du stylo pour l'annoter ; déploiement de la tablette SNCF pour poser l'ordinateur où elle espère finir la rédaction du chapitre 4 de son prochain livre ; rapprochement des objets totems : tube de rouge à lèvres, poudrier, loupes de presbyte. Il convient ensuite de consulter poliment la voisine de banquette afin de se mettre d'accord sur la délimitation des territoires en abaissant l'accoudoir central, ainsi que sur le réglage du store. Il est 16 h 40 dans un octobre éclatant, le train roule vers l'ouest, et la lumière bientôt rasante éblouira les écrans, les pages, les cases des mots fléchés dans lesquels se plonge la voisine. DISSIMULATION en treize lettres = FALSIFICATION. La voisine sèche mais la femme se retient de lui souffler la réponse ; elle remplirait la grille en trois minutes si elle avait envie de lier connaissance. Elle n'a pas envie de lier connaissance. Avec des inconnus désormais c'est compliqué. Il y a ceux qui la connaissent : parents, amis, lecteurs ; ceux qui savent quelle rescapée elle est, de quelle catastrophe ; et ceux qui ne savent pas. Quand arrive la question, si banale en apparence : « Et vous ? Vous avez des enfants ? », les gens ne sont pas préparés à la réponse qu'elle fera. Dans leurs yeux qui la fixent en s'agrandissant d'effroi au point de faire miroir, elle voit quelqu'un qu'elle ne connaît pas et qui fait peur, quelqu'un qui sait quelque chose que nul ne veut savoir. C'est pourquoi elle évite autant que possible les nouvelles rencontres.

Tout en s'obligeant à ne pas lorgner sur le *Sport cérébral* de la voisine, qui ne trouve pas PLAINTE ENTRE LES NOTES en sept lettres = LAMENTO, elle soulève le capot de son ordinateur.

Dans l'attente du petit son réconfortant de l'ouverture de session, elle tourne la tête vers la fenêtre, le nez grossi et emporté vers la joue dans le sens de la marche, le visage déformé, strié par les hachures du paysage, comme la grimace cynique de son ravage intérieur. Le *kling* de l'ordinateur retentit, en même temps qu'une demi-douzaine d'autres, solidaires, sagement synchronisés dans le wagon. Elle ouvre le fichier sur lequel elle travaille et entreprend de relire les lignes produites ces dernières heures. Elle déroule une page ou deux, apportant ici ou là quelque correction. Elle relève la tête, observe le plafond, ne respire plus, puis se penche de nouveau sur le clavier où elle écrit : *il pense femme fiel fuck fange / je pense femme fée fleur fête.* Elle sent le regard de la voisine faire d'incessants allers-retours entre ses mots fléchés et l'écran de l'ordinateur, déboussolée, labyrinthée dans une bouillie de mots, louchant vers une vérité que la langue qu'elle triture du bout de son crayon est impuissante à faire apparaître, préférant soudain la gomme, effaçant rageusement REPENTIR, qui est trop court pour les dix cases de REMORDS. La femme, qui louche aussi, pense REPENTANCE, dix lettres, puis RÉDEMPTION, dix lettres aussi, même si elle mesure l'énormité du contresens. Les deux femmes se sont surprises à s'observer, gênées, flagrant délit. L'une lâche son stylo, l'autre sa souris. Elles basculent de concert dans le fond de leur fauteuil, comme complices soudain, rassemblées dans la parenté de leur sexe, malgré l'immensité de leur différence.

Dans le wagon silencieux la lumière tourne à l'ocre, les visages ont des couleurs de gaufres mal cuites, à l'intersection des fils d'or du soleil déclinant et des nappes blafardes émanant des écrans. On entend parfois les exclamations d'une voix d'enfant qui doit regarder un dessin animé ou s'acheter une huitième vie dans un jeu vidéo. Chaque fois que l'enfant s'écrie: «Maman maman!» pour se faire plaindre ou féliciter, une larme roule sur les joues de la femme, qui se laisse glisser dans une somnolence triste, tout comme sa voisine – deux corps emportés vers l'ouest à 260 kilomètres à l'heure, quatre seins ballottant sans pudeur au gré des secousses du TGV.

Elle se réveille à la gare du Mans, la bouche sèche et l'esprit confus. Son visage, reflété par l'écran noir de l'ordinateur passé en mode veille, lui apparaît comme celui d'un spectre. Décidément, les reflets sont peu flatteurs. Elle appuie longuement ses paumes contre ses paupières, se contraignant à une série de respirations profondes, puis avale de longues gorgées d'eau. À sa gauche la voisine dort toujours. Elle s'empare sans bruit du stylo égaré sur la grille qui n'a pas avancé d'une case, et note au dos de son billet de train – ce genre de mémos griffonnés à la hâte dont on se souvient trop tard qu'ils sont passés à la poubelle: *Rêve dans le train Nogent-le-Rotrou: paquebot – naufrage – océan noir – nage épuisante dans la robe vert bronze de ma mère – Mon enfant nue flotte debout – ses seins blancs et lourds (opalescents) sont des bouées et me sauvent la vie.* Elle repose le stylo sur la tablette de la voisine sans remplir les dix cases vides pour PRÉ MYTHOLOGIQUE = ASPHODÈLES. Elle se souvient que sa fille disait que le paradis devait ressembler à une prairie semée de petites fleurs jaunes, comme elle en avait vu souvent dessinées dans les films de Miyazaki. Maintenant elle erre dans une plaine infinie de petites fleurs blanches, comme les asphodèles d'Homère dans son chant sur le séjour des morts.

Il reste quarante minutes de voyage. Derrière la fenêtre, la campagne obscure est barrée d'un large coup de pinceau vermeil parallèle à l'horizon. Le crépuscule de l'heure d'hiver se jette sur le cœur des hommes. La nuit trop jeune tombe, étale, à l'heure où chacun se doit pourtant d'être encore debout, bien vertical.

La femme a laissé ses doigts suspendus au-dessus du clavier, prête à reprendre la rédaction de son texte, puis finalement change d'avis, comme vaincue par une rature éternelle. Elle enroule ses mains autour des poignets, qu'elle masse doucement, puis dépose son menton dans ses paumes en coquille. C'est la position qu'elle a sur la photo que son éditeur a choisie pour la communication avec les médias. Il en aime le regard qui, dit-il, est d'une infinie sérénité : un lac vert que bordent des restes de tempête, mais où brille l'écume phosphorescente de la surprise d'être en vie. Ce n'est pas exactement ce qu'elle voit, mais elle trouve la photo réussie.

Quand le train ralentit pour entrer en gare, elle n'a avancé ni dans le roman à lire ni dans le roman à écrire. La voisine replie son magazine et la grille non plus n'a pas avancé. DÉBUT D'UNE CORRESPONDANCE en huit lettres = TERMINUS. Nogent-le-Rotrou. Tout le monde descend. Chacun s'organise pour quitter la bulle ferroviaire, l'alibi d'une rêverie, d'un temps pour rien.

Le *kling* de fermeture des ordinateurs s'éteint en cascade. On range des choses dans des étuis, le *zip* des glissières résonne en canon.

La femme retouche son maquillage pendant que les voyageurs les plus pressés composent déjà une file dans le couloir et que le contrôleur annonce les horaires des prochains trains en partance. Tous retournent vers l'est : Le Mans, Chartres, Paris. Nogent-le-Rotrou est un cul-de-sac. Ce n'est pas le bon échangeur pour prendre le large. Pour l'océan et la conquête de l'Ouest, merci de reculer d'une case et de repasser par Le Mans. « Nogent-le-Rotrou, se dit la femme. Une belle rime pour gueule du loup. »

En remontant le quai, la femme tente de se souvenir du prénom du libraire censé l'attendre dans le hall. Cédric ? Cyrille ? Pour une fois c'est un homme, le fait mérite d'être souligné. Elle se demande s'il aura drainé, pour alimenter le public de cette rencontre, quelques éléments de son sexe. Neuf fois sur dix elle s'adresse à une assemblée exclusivement féminine, animée par une femme, au milieu du rayon « jeunesse-loisirs décoratifs », dont on a poussé les étagères à roulettes, un investissement rendu incontournable à cause des nombreux arrêts de travail provoqués par les lumbagos des employées, qui n'ont pas forcément été recrutées pour leurs compétences de déménageuses.

Cyrille la reconnaît immédiatement et s'approche avec un grand sourire, dessiné dans un visage que l'adolescence n'a pas quitté, presque dansant dans ses baskets rouges, gracieux. De cette avenante physionomie la femme déduit que le libraire comprendra sans difficulté qu'elle a besoin de s'arrêter dans un café pour avaler un verre de vin blanc avant sa prestation. Les salutations d'usage sommairement échangées, la femme monte dans la Clio de Cyrille.

– Votre livre m'a bouleversé. Je ne sais pas si nous aurons beaucoup de monde ce soir, parce que le sujet fait peur, mais je suis sûr que la discussion sera passionnante. Les gens admirent votre force, s'étonnent de votre humour, de votre énergie. Beaucoup ont du mal à comprendre votre totale absence de ressentiment à l'égard du corps médical. Vous serez sans doute beaucoup interrogée là-dessus.

– Oui, cette question revient régulièrement. Il y en a même qui trouvent louche que je ne sois pas allée jusqu'au procès, comme si j'étais une mauvaise mère posthume. C'est difficile d'expliquer aux gens que la recherche d'un coupable me ferait au contraire l'effet de salir la mémoire de ma fille. Ils préféreraient me voir lancée dans un acharnement procédurier, besogneux, interminable, mené par une armée d'experts et d'avocats. Mais une telle opération me ferait l'effet de s'interposer entre les signes qu'elle m'adresse et la pureté de mon effort de déchiffrage. Elle rendrait opaque le tulle fragile et magnifique que je tisse jour après jour dans le souvenir de notre complicité. C'est la seule chose qui reste, qui perdure au-delà de la disparition.

Elle se tait un instant, laissant défiler à travers les vitres de la voiture les faubourgs insignifiants d'une ville ordinaire, prévisible, dont les murs abritent pourtant, dans de nombreux foyers, elle le sait maintenant, des histoires imprévisibles et extraordinaires. Elle reprend :

– Cette chose, c'est peut-être l'amour. Et l'amour brisé par une mort injuste n'est pas soluble dans la réparation par l'argent ou la prison. Il n'y a pas d'économie du pardon. Derrida dit que le pardon est à l'épreuve de l'impossible, que c'est une aporie. C'est dommage que ce soit un mot si compliqué, si repoussant, si… grec ! Il désigne une espèce d'impasse. Mais vous êtes libraire, vous connaissez sans doute. J'avais déjà éprouvé la même chose à la mort de ma mère, il y a trente ans. Alors son assassin, ou l'infirmière qui s'est méprise sur la gravité de l'état de ma fille ; ces gens, leur conscience n'ont pas d'importance. Qu'ils vivent insouciants ou perclus de remords m'est indifférent. Je m'en fous complètement. En un certain sens ils n'existent plus.

– Et j'imagine que vous êtes prémunie contre ceux qui voudront en savoir plus sur le fait divers qui a coûté la vie à votre mère ?

– Oui oui, ne vous inquiétez pas. Ce sont des emmerdeurs, des chercheurs de poux. Le plus souvent des gens étriqués, qui fonctionnent avec des principes binaires : bourreau/victime, coupable/innocent, faute/punition. J'essaye de les orienter vers une troisième solution. Le pas de côté, le troisième temps de la valse, celui qui boite un peu. Je parle des fleurs, de la danse, des choses inutiles, floues, minuscules, innommées, tout ce qui court-circuite le pas bien réglé d'une vie pensée comme une marche militaire. J'essaie de faire affleurer à la surface du quotidien les énigmes qui stationnent vaillamment, irréductiblement, dans l'archéologie du genre humain. Quelquefois je délire un peu, ils doivent me prendre pour une illuminée. Parce que la haine m'est parfaitement étrangère, j'ai du mal à me faire comprendre. C'est troublant par moments.

– En tout cas, beaucoup de Nogentais vous ont lue et pensent à votre fille désormais.

– C'est gentil.

Quand ils stationnent sur la place Saint-Pol, les réverbères déversent des cônes jaune d'or sur les massifs de bruyères et de chrysanthèmes que la municipalité a fait placer dans de grands vases d'Anduze quadrillant l'esplanade. La femme pense à la tombe de sa fille. En rentrant, elle passera au cimetière enfouir les bulbes de jacinthes, de narcisses et de jonquilles qu'elle a retirés de terre à la fin du printemps, et qui attendent, dans une cagette à la cave, d'être replantés pour fleurir l'enfant morte au prochain et troisième janvier.

Le fleuriste de la place ferme boutique en remisant à l'intérieur les mêmes pots de saison. Botanique des morts. Deuxième Toussaint.

Au café, le barman leur sert un muscadet et une bière. La souplesse avec laquelle ils s'installent tous deux sur les tabourets hauts renforce la complicité naissante ; les habitués de comptoir se reconnaissent entre eux.

– Vous connaissez Nogent-le-Rotrou ?

– Non, c'est la première fois que je viens.

– Vous n'aurez pas le temps de découvrir la ville, mais vous ne perdez pas grand-chose. C'est une toute petite ville.

– Un trou ?

– C'est ça ! Comme son nom l'indique…

Leurs verres s'entrechoquent dans l'écho du piteux échange.

Cyrille explique qu'il a repris la librairie il y a deux ans, l'arrachant à une destinée de succursale bancaire ou de commerce de téléphonie mobile à laquelle le départ à la retraite des propriétaires la condamnait. Il a déjà une allure de Tintin, mais le récit pittoresque qu'il fait de l'opération de rachat lui fait endosser tour à tour le costume de Zorro, de Robin des bois ou de Don Quichotte, héros de l'ombre luttant jusqu'à la dernière extrémité contre les requins des multinationales. Vainqueur enfin, il hissa fièrement pavillon à la tête d'un empire de vieux rouleaux de plastique à couvrir les livres d'école, de cartons d'annales du bac du siècle dernier, et d'une multitude de boîtes de trombones, agrafes, attaches parisiennes, punaises, tampons encreurs et carnets à souche. Sur les tables poussiéreuses, on trouvait quand même quelques livres, des ouvrages sur la pêche à la mouche ou les randonnées dans le Perche, et des romans de gare, eau de rose, polars. Le tout farouchement gardé par une forteresse de toiles d'araignée, et quelques souris aussi.

La femme est amusée : elle n'est pas la seule illuminée dans ce café. Elle resterait bien encore le temps d'un verre ou deux à infuser dans cette jeunesse volubile et courageuse.

– Vous savez, tout ça, c'est grâce à un héritage qui m'a brûlé les doigts. Mes parents sont morts dans un accident d'avion il y a trois ans. La disparition brutale, la perte saignante, l'amputation à laquelle on n'est pas préparé, je connais aussi. Ça explique en partie pourquoi j'ai eu tant envie de vous inviter.

Le visage de Cyrille, d'ordinaire si mobile, comme animé par le crayon infatigable d'un dessinateur de bande dessinée, s'aplatit soudain dans une expression labourée de néant hivernal. Des anges passent.

Puis Cyrille donne le signal du départ en déposant un billet sur le zinc, échange un salut avec le patron et invite la femme à passer devant lui en quittant le café, galant petit homme en baskets rouges. Un tapis crissant de miettes de cœur se déroule sous leurs quatre semelles inconsolées qui marchent vers l'hôtel en silence. C'est le moment où le son d'une valise à roulettes prend des décibels de cathédrale, comme amplifié par le bitume, couvrant même le vacarme des rideaux métalliques qui s'abattent sur les devantures, ou du moteur isolé qui véhicule vers son foyer un travailleur zélé, égaré dans le soir d'octobre. Les lampadaires diffusent une lumière d'un autre temps, d'un rouge orangé que les LED et l'acétylène n'ont pas encore saturé de blanc chirurgical, comme dans les grandes avenues modernes, les usines ou les abattoirs. Le vent léger est presque sucré. La femme éprouve soudain un profond désir de solitude. Oui, toute seule dans sa chambre d'hôtel, pourvu qu'elle soit d'une catégorie assez luxueuse pour être munie d'une bouilloire, pourvu qu'elle puisse réchauffer la soupe lyophilisée qu'elle emporte toujours en cas de coup dur. Il n'est pas rare, pendant cette tournée, qu'elle ait dû se coucher le ventre vide, en raison de la pingrerie des organisateurs, ou de la goinfrerie de leurs invités. À l'hôtel du Lion d'or, quelques minutes suffisent pour régler les questions de la chambre, du bagage, du code de nuit et de l'horaire du petit déjeuner. Puis l'auteur et le libraire s'acheminent vers la librairie toute proche.

– C'est une lycéenne qui tient la boutique pendant que je m'occupe de vous. Une gentille gamine qui a fait son stage de troisième à la librairie du temps des anciens propriétaires. Ça lui avait bien plu. Alors elle rempile de temps en temps. Elle est tombée dans les bouquins, je crois. Jennyfer elle s'appelle. Une ado un peu tiraillée : milieu très modeste, parents séparés… Elle me fait des extras quand j'ai besoin. Ça me dépanne bien, ça la fait changer d'air et ça arrondit son argent de poche. Je lui ai passé votre bouquin. Je ne sais pas si elle l'a lu. Parfois elle me fait penser à votre fille, mais en brune. Je la connais pas votre fille, mais on dirait Jennyfer en brune. Pardon. C'est maladroit. J'espère ne pas vous avoir blessée.

Nous sommes arrivés. Bienvenue au Bout du monde.

Jennyfer, voici notre auteure.

Sous l'enseigne de la librairie, la seule encore allumée dans le faubourg, un épais nuage de fumée s'envolute dans le tungstène : c'est Jennyfer qui fume. Elle tète son mégot comme un soldat intrépide hors de sa tranchée. C'est du moins l'impression qu'elle donne à la femme, qui s'avance vers elle légèrement grise, le ventre étrangement noué, déchiffrant dans la pénombre les traits de l'adolescente, y cherchant la ressemblance que Cyrille vient d'évoquer, n'y trouvant rien que le générique féminin de ces visages dont l'ovale a gardé une rondeur boudeuse, cependant que la mâchoire enfin pleine de dents s'emploie à en sculpter plus nettement les contours. De tels visages, de blonde ou de brune, parce qu'ils sont l'ébauche de ce qu'elle ne verra jamais accompli dans celui de sa fille, suffisent à lui serrer le cœur.

Les deux femmes se saluent. Un instant d'hésitation magistralement intuitif leur fait préférer une poignée de main à un échange de bises comme s'embrasseraient deux cousines. Il est 18 h 50 quand Cyrille ouvre le passage vers l'intérieur de la librairie, où quelques personnes ont déjà pris place sur des chaises en plastique. Des femmes, exclusivement, constate l'invitée, sans surprise. Le libraire la guide jusqu'à la table où reposent une pile de son livre, un grand verre d'eau, un stylo à bille estampillé au logo de l'usine pharmaceutique locale, et un admirable bouquet : trois boules d'hortensias délavés, d'un bleu varices cendré par la pluie d'automne et le jour rétréci, une boule de chrysanthème fauve, quelques pimpants pompons de dahlias pourpres, les baies noires de fin du millepertuis et un élancement hardi de feuillages à la rouille sauvage. Le bouquet est dressé dans une bouteille d'eau minérale dont on a sectionné la partie supérieure, à travers laquelle on voit déjà l'eau verdoyer, se peupler de mousses glauques en suspension. La femme note le contraste incongru entre le plastique sale du vase improvisé et la splendeur de la composition d'automne, pendant que Jennyfer la débarrasse de ses affaires.

– Mon père travaille aux espaces verts de la mairie. C'est lui qui a fait le bouquet. Il a piqué ça dans les serres et les jardins. Il recycle tout ce qui doit partir à la benne ou au compost. Il aime pas gâcher. Et il voulait nous faire plaisir, marquer le coup.

– Il sera là ce soir?

– Non non, il ne viendra pas. C'est pas trop son truc, les bouquins. Mais il sait que c'est important pour moi, cette soirée. Je vous dépose tout ça dans l'arrière-boutique?

La femme prend place à son poste tandis que les retardataires s'installent. Déjà elle a envie d'une nouvelle cigarette, d'un autre verre de vin blanc. Pendant une heure elle va parler des morts, de leur danse, de la sarabande qu'ils folklorent avec les vivants, leurs ombres stromboscopiques se projetant sur les murs de notre conscience, comme un cœur de secours battant au rythme de leur absence, dans une boîte de nuit éternelle.

Elle va parler du tribut qu'on suppose qu'ils exigent, payable en mausolées, en fleurs, en ex-voto, en prières, en commémorations, en fétiches, en épisodes dépressifs. Elle dira que c'est monnaie de singe. Que l'écot est bien moindre, que quelques larmes suffisent, impérieuses, à l'improviste d'une fulgurance. Elle dit qu'il faut leur faire accueil, ni cachées ni retenues, à cause de la consolation que procure la nage dans leur bain.

Elle parle d'un muscle qui lui aurait poussé, un muscle non répertorié, né des atomes engendrés par la perte et la douleur, dont l'activité est autonome; une pulsation hors-sol qui force un rapport au monde libre et vigoureux, affranchi des sentiments petits, rapproché des hauteurs, abreuvé à la lumière captée dans les plis scintillants de nos envolés. Elle sait, bien sûr, la folie en lisière, et la vanité des sciences en la matière. Elle parle sans notes ; si l'inspiration manque, elle tourne ses narines vers les fleurs d'automne. Elle inspire leur parfum d'agrégats moribonds, et les tombes reparlent, joyeuses commères de mandragores.

L'assistance, d'abord incrédule, choquée, muette, invisible, finit par s'animer. Des rires, des trémoussements, des indignations, des rougeurs, des reniflements s'emparent des corps.

Quelques questions fusent. Pourquoi n'a-t-elle pas de haine ? De désir de vengeance ? Peut-elle pardonner ? Croit-elle en Dieu ?

Quelques personnes partent. Pour qui ces artistes se prennent-ils ? Comment peut-on laisser des gens dire de telles conneries ?

L'auteure garde le cap, rivée sur sa boussole dont le nord fait un V majuscule comme Vie, et Cyrille, dont la Bienveillance se majuscule aussi, intervient enfin :

– Bien. Nous allons conclure. L'auteure se tient à votre disposition pour dédicacer son livre. Merci de passer à la caisse avant de faire signer votre exemplaire. Et la discussion peut se poursuivre autour d'un verre offert par Le Bout du monde.

Une file disciplinée s'organise devant la petite table. Cyrille dépose devant la femme un gobelet de vin blanc prélevé d'un cubi que Jennyfer a fait apparaître en même temps que des soucoupes garnies de chips et de cacahuètes.

On ne sait pas depuis combien de temps celui que nous connaissons comme le jardinier municipal de Nogent-le-Rotrou se tient debout dans la pièce. On ne sait pas s'il vient d'arriver ou s'il a assisté aux échanges entre l'auteure et le public.

Il porte un jean classique, une chemise blanche sous une veste noire de type blazer, dont la rigidité laisse penser que les achats ont été effectués le jour même, peut-être dans cette vieille boutique de prêt-à-porter masculin dont les propriétaires liquident le stock, avant, eux aussi, de partir à la retraite. Ses pattes tondues de frais encadrent avantageusement le visage, dont on perçoit tout de suite qu'il a reçu des soins récents. La face luit légèrement sous l'effet d'une crème hydratante, le cheveu est domestiqué par un gel qui assure à la mèche tombant sur l'œil un mouvement de cinéma, les mains sont enfoncées dans les poches du veston à la coupe désuète, la hanche repose négligemment contre un décrochement de mur, conférant à l'ensemble une apparente désinvolture.

Sauf que rien ne respire, et qu'une apnée crispée rature la composition. À la mâchoire inférieure qui se déforme dans un rictus répétitif et incontrôlé, à l'œil qui s'arrondit comme quand on s'efforce de comprendre une langue étrangère, à l'imperceptible tremblement qui agite la jambe, on pourrait se croire au théâtre, quand l'acteur est mal préparé et que son trac est visible, communiquant au spectateur une sensation de malaise devant l'éventualité d'une catastrophe.

Dans son rôle muet, à l'orée d'une parole dont il n'a pas le texte, le nouvel arrivant porte son regard sur cette scène inimaginable il y a quelques jours encore : lui, dans une librairie, lui qui ne lit jamais, observe la fille d'une femme assassinée, laquelle signe à la chaîne le livre dédié à son enfant assassinée par un microbe. La première fois, le microbe, c'était lui.

Il voit les hortensias, les dahlias et les chrysanthèmes entassés dans la bouteille en plastique. Il reconnaît les cultures municipales. Il devine que c'est Gilbert qui a pourvu à la décoration ; Gilbert, qui lui manque soudain atrocement, sa bedaine et son haleine lourdes, sa jovialité contagieuse, son inguérissable amour pour la vinasse, sa flagrante appartenance au genre humain. Le bouquet, dont la rousseur explosive fait ressortir la pâleur de la femme attablée, l'attrape à la gorge comme les barbes d'un lierre. Il avance de quelques pas dans l'espace et se place dans la queue, dans le champ des présomptions, avec des allures d'automate.

Jennyfer surgit soudain, lui claque une bise sonore, et se glisse entre une grosse dame et lui :

– Qu'est-ce que tu fais là ? C'est marrant de te voir à la librairie ! Tu me laisses la place ? Je voudrais qu'elle me mette un mot.

Le jardinier recule d'un pas, lui cède son rang dans la file.

– Merci, c'est cool. Je l'aime bien, cette nana. Tu l'as vue à la télé ? Putain, elle est classe. Avec ce qu'elle a vécu…

Celui que la jeune stagiaire ne connaît que comme le collègue de son père extrait de la poche de poitrine de son blouson un exemplaire du livre, extrêmement abîmé, la couverture presque perforée, comme si des rats l'avaient entamée, ou comme si le livre avait servi à amortir une balle.

– Moi aussi, je voudrais qu'elle me mette un mot.

– Ah bon ? T'as lu son bouquin ? Ça alors !… Tu lis en cachette ? Je pourrai le dire à mon père ou bien c'est top secret ? Nan, je rigole… Tu l'as écoutée tout à l'heure ?… Quand je pense que sa fille avait le même âge que moi…

Le regard de Jennyfer se porte vers le bouquet d'automne :

– T'as vu ? Il a quand même offert les fleurs, le paternel… C'est sa façon à lui d'être là. Je crois qu'il aime bien que je bosse ici de temps en temps. Ça le rassure. Il a toujours tellement peur que je fasse la pute !… C'était sympa dimanche que tu viennes voir mon spectacle…

La gamine rayonne. Elle a de l'importance, elle est parmi des adultes, qui la considèrent des leurs ; elle a mis une jolie robe qui la vieillit juste ce qu'il faut, et ses yeux brillent avec l'assurance de deux phares puissants sur le ruban noir d'une autoroute déserte. Elle est l'Adolescence radieuse, dans ces moments furtifs où l'on sent les rênes de l'avenir s'enrouler voluptueusement autour des poignets, pour conduire seul sur quelques kilomètres un bolide embrasé et invulnérable.

Le jardinier n'écoute plus le babil exalté de la jeune fille. Il est dans le travelling de la file et, sur les rails, les minutes avancent.

La femme est concentrée sur ses lecteurs, elle lève vers eux son menton pointu. Le chignon perd de l'altitude à cause de la fatigue qui commence à gagner, mais elle n'en montre rien, attentive à chacun. Elle prend le temps nécessaire, écoute patiemment, le stylo en l'air, puis trace de longues lignes sur la page de garde, rétrécissant son écriture en fin de paragraphe pour être sûre de pouvoir tout dire. Après quoi, elle referme le livre d'un claquement sec et le tend, comme un cadeau, ou un secret, ou un poison, à son interlocutrice, mettant fin à l'échange, avant de plonger ses yeux verts dans ceux de la prochaine lectrice qui racontera, elle aussi, un Baptiste ou une Mathilde éjectés du scénario avant même d'avoir pu y jouer un rôle.

Le travelling rétrécit irrévocablement la distance qui sépare les deux personnages.

L'homme est toujours dans la file, il en est le dernier. Il avance mécaniquement. Le lent piétinement lui rappelle d'autres files, dans l'allée centrale de l'église avant son tour d'hostie, le long du mur de la cantine avant son tour de purée, dans les couloirs du tribunal avant son tour d'écrou, dans ceux de la prison avant son tour de douche.

Il ne reste plus qu'une grosse dame et Jennyfer avant son tour de dédicace.

Le travelling ralentit encore. La librairie se vide progressivement. Cyrille discute avec un petit groupe d'habitués, tandis qu'une lectrice dévouée rassemble les gobelets en plastique vides pour les jeter à la poubelle. La grosse dame quitte enfin la petite table, serrant contre son giron le livre bleu, dédicacé. Elle est visiblement émue, voudrait partir, mais son mari est encore en conversation. Son mari, de toute façon, ne veut plus jamais parler de Laëtitia. Alors elle rejoint l'autre gentille bénévole, pour aider au rangement, empiler les chaises, réunir les restes de chips dans un petit bol, essuyer la table du buffet, s'occuper, échapper à la vague qu'elle sent monter, dont tant de fois l'écume grise lui a ravi le sommeil, pour la jeter, de nuit et en cachette, dans de vieux albums photo, sur lesquels elle hoquette jusqu'au matin, en plaquant comme un bâillon sur sa bouche les pans du col de sa chemise de nuit.

À présent Jennyfer s'avance vers l'auteure pour lui donner son exemplaire à signer.

Quand elle s'éloignera, ce sera son tour.

Contre les hublots sales du casque de scaphandrier qu'il porte depuis cinq jours, les mouches tambourinent comme jamais, prêtes à les faire voler en éclats.

C'est à ce moment que Gilbert entra dans la librairie, vers 22 h 30, chargé de récupérer Jennyfer pour la raccompagner chez sa mère.

Il repéra immédiatement la silhouette de sa fille.

Elle enlaçait par-dessus la table une dame avec un chignon dont Gilbert devina qu'elle devait être cette fameuse auteure dont sa fille lui rebattait les oreilles depuis plusieurs jours. Les deux femmes s'étreignaient gravement, malgré leur posture rendue inconfortable, et même un peu grotesque, par le plateau de la table qui séparait leurs bustes et leurs pubis. On aurait cru qu'elles étaient collées, siamoises, leurs chevelures mêlées, la rousse, la brune, tressées comme la garniture d'un nid. Puis il vit la femme desserrer lentement l'étreinte, reculer son visage pour mieux voir celui de l'adolescente, et avancer doucement une paume en coquille pour y recueillir le menton de la jeune fille. Son pouce caressa de longs instants le bas de la joue duveteuse, tandis que s'enracinait entre leurs regards aimantés une tendresse infinie, profonde, indestructible.

Gilbert fut remué.

Le geste de cette femme envers sa fille avait toutes les caractéristiques d'un geste maternel ; du moins tel qu'il se figurait un geste maternel quand il prit femme pour qu'elle fût mère. Un geste qu'il ne vit jamais dans son foyer. Jamais.

Il tourna les yeux vers son bouquet. Étaient-ce les larmes qui s'apprêtaient à embuer ses yeux ? Était-ce un effet d'optique provoqué par le grésillement du néon qui éclairait la scène ? Au-dessus de sa composition florale planait une large nuée anthracite de confettis crasseux, voltigeant en tous sens et sans bruit, comme ces indélogeables compagnies de moucherons qui stagnent sur la peau des raisins trop mûrs oubliés dans leur coupe à fruits. Certes, il avait bien conscience que ses fleurs n'étaient pas de la première fraîcheur, mais de là à attirer une telle armada…

Au même moment, le dernier client de la file se présenta devant la petite table. Gilbert mit quelques secondes à l'identifier, à cause des vêtements qu'il ne lui connaissait pas. Pourtant oui, il s'agissait bien de son collègue de travail, celui qui était au broyage du vieux tilleul cet après-midi, ce drôle de pédé végétarien qu'il aimait bien quand même. Qu'est-ce qu'il faisait là ? Décidément, quelque chose clochait, qui alourdissait sa poitrine de sensations confuses, où dominait l'intuition d'assister à un phénomène échappant au contrôle de la raison.

C'est d'ailleurs ainsi qu'il qualifia, à l'instar de tous les autres témoins de la scène, ce qui se produisit par la suite : *le phénomène.*

L'auteure et le jardinier se sont fait face, dans un ralenti narcotique forçant le monde entier au déraillement du temps. Tous les regards convergèrent vers le couple. L'air semblait bloqué dans tous les poumons, le mouvement figé dans tous les muscles, le sang pétrifié dans toutes les veines, les cœurs stoppés dans toutes les cages thoraciques. Le silence était impressionnant, nucléaire ; on aurait pu entendre des larmes tomber sur du papier buvard.

L'homme, très lentement, a tendu vers la femme le livre bleu qu'il tenait à la main. À son tour, la femme a allongé le bras pour se saisir de l'exemplaire. L'objet est resté suspendu une éternité quelques centimètres au-dessus de la table, presque en lévitation entre les deux mains qui ne se touchaient pas. L'homme et la femme étaient pâles, mais pas livides ; immobiles mais pas statufiés, et gardaient les yeux plongés dans le regard de l'autre. L'air se saturait d'ondes irréelles, comme quand le liquide épais d'un puissant anesthésique monte dans la veine et rend inutile toute tentative de maintien à l'état conscient. Seul le nuage de moucherons voguant au-dessus des corolles semblait animé de vie.

Après un temps indéfini, impossible à évaluer, chacun put voir clairement, sous l'effet d'un zoom imposé par une invisible caméra, les lèvres de l'homme articuler deux syllabes. Une labiale, une dentale, une voyelle ouverte, une autre pointue : par-don. Nul ne songea jamais à contester le déchiffrage du vocable prononcé, aucun doute : l'homme a dit pardon.

C'est alors qu'eut lieu *le phénomène* à proprement parler.

Comme s'ils n'attendaient que ce signal, les sombres moucherons se sont poudrés à l'or des chrysanthèmes, et, dans un mouvement compact de bataillon chatoyant, ont migré lentement du bouquet vers le sommet des deux têtes, le chignon roux et la toison gominée, les couronnant d'un halo étincelant et silencieux. Les lucioles dorées dansaient en procession, comme enivrées de leur propre merveille. On aurait dit l'escorte scintillante de la fée Clochette, une incandescence de paillettes surnaturelles, pulvérisant sur le monde la certitude que plus jamais le froid, la solitude et l'obscurité n'emprisonneraient le corps des vivants et des morts.

Puis la scène s'est rompue comme se déchire la toile d'un tableau ou s'enflamme la pellicule d'un film. Le jardinier a rempoché le livre et s'est élancé vers la sortie sans qu'on se souvienne si la romancière y avait inscrit quelque chose ou non. Jennyfer et Cyrille se sont ébroués, et ont entrepris de débloquer les freins des rayonnages pour remettre la librairie en état. Le bruit des roulettes a cassé l'enchantement.

L'auteure s'est précipitée vers le cubi de vin blanc dont elle a pressé les ultimes gouttes ; le reste de l'assistance s'est agité, enfilant des manteaux, nouant des écharpes, enfonçant des bonnets, cherchant des gants au fond des poches, le tout dans une trépidation de fourmilière, comme la réplique humaine, grisâtre et mate, du scintillement enchanté.

Dernières salutations, remerciements, rideau métallique, claquements de portières, trottoir glacé, séparation. Cyrille proposa à son invitée de la raccompagner jusqu'à l'hôtel ; elle déclina et on entendit ses talons résonner dans la nuit, s'éloigner, disparaître. Personne n'osa évoquer ce dont il venait d'être témoin, on craignait de passer pour fou, on se disait que, peut-être, un verre de trop au buffet…

Gilbert lui-même n'en toucha pas un mot à Jennyfer dans la voiture, mais quand ils s'embrassèrent en se séparant, l'étreinte fut plus longue et plus appuyée qu'à l'accoutumée.

La nuit de Toussaint avala les ombres. Seules quelques grosses phalènes décolorées et transies s'acharnaient bêtement dans la lumière des réverbères.

Gilbert ne revit jamais son collègue. Ni le lendemain ni les autres jours le jardinier ne se présenta à son travail. Lelièvre se résolut à recruter un nouvel agent et Gilbert, après quelques semaines où il tenta, sans succès, de retrouver la piste du disparu, consacrant son temps libre à des investigations de détective amateur, finit par oublier. Puisqu'on ne comprend jamais rien au passage des comètes, sinon le vide qu'elles laissent, juste avant l'oubli.

Jusqu'à ce jour du printemps qui suivit où il vit surgir, dans le square de la République, celui précisément où on avait épandu la sciure paillée du vieux tilleul, une pousse. Pas une mauvaise herbe, ni une fleur du programme. Une pousse. Un surgeon, spontané et inconnu.

Surpris et curieux, Gilbert en observa jour après jour la croissance et en répertoria soigneusement les caractéristiques : feuilles longues et dentelées, calice bicolore (pétales écarlates, sépales bronze), pistil resserré et vaporeux, étamines grêles, hermaphrodites, odeur fade, quelque chose entre la tulipe et le pavot.

Il fit part de sa découverte à Lelièvre, qui se replongea brièvement dans ses ouvrages de botanique sans émettre de conclusion. Gilbert consulta Internet, alla à la bibliothèque. Il entreprit de polliniser la fleur, puis de faire germer ses graines. Il échoua systématiquement. L'exemplaire resterait donc unique, et semblait ne pas devoir faner.

Il décida alors de lui donner un nom.

Il se souvint du tilleul. Il se souvint de son collègue en fugue, du mardi magique et des mouches dorées. Il retourna sur Internet pour faire un peu de latin.

Et il nomma la fleur :

Eumenida tiliabis flora.

Le type qui a tué ma mère vit quelque part sur le globe ; qui lui aussi s'efface, de tsunamis en raz de marée, dans le tambour de la machine à laver.

Au grand lavoir là-bas, ma langue sèche sur des pierres brûlantes, et le linge propre pend au soleil de l'heure d'été, les pages blanches claquant au vent, avec chiures de mouches et flocons de fleurs.

Remerciements

Merci à Messieurs Lejeune et Cochin, respectivement responsables des Espaces verts des villes de Péronne et Nogent-le-Rotrou.

Merci à Pierre, Cyrille et Béatrice pour les maisons d'écriture.

Merci à Caroline Deyns.

Et à mes marraines pour la relecture.

Ce livre a reçu le soutien de la Région Île-de-France, que l'auteure remercie.

Cet ouvrage a été achevé d'imprimer
en juillet 2018 dans les ateliers de
Normandie Roto Impression s.a.s.
61250 Lonrai (Orne)

N° d'imprimeur : 1802553
Dépôt légal : août 2018
ISBN : 978-2-84876-681-2
Imprimé en France